Urs Aebersold

* 1944 in Oberburg / CH

1963 Abitur in Biel/Bienne (CH)

1964 Schauspielschule in Paris

und dort erster Kurzspielfilm "S"

Studium an der Universität Bern

Weitere Kurzspielfilme. "Promenade en Hiver",

"Umleitung", "Wir sterben vor"

1967-70 Studium an der HFF München

1974 Erster Kinospielfilm DIE FABRIKANTEN

als Co-Autor, Co-Produzent und Regisseur

Diverse Drehbücher für "Tatort"

1986-93 Spielfilmredaktion Bayerischer Rundfunk

Ab 1994 wieder freier Autor und Regisseur

2016 erste Buchveröffentlichung:

VERZAUBERT

NOVEMBERSCHNEE

DAS BLOCKHAUS

Drei Erzählungen

JULIA
AM ENDE EINES TAGES
DUNKEL IST DIE NACHT

Drei Erzählungen

Urs Aebersold

www.tredition.de© 2016 Urs Aebersold

Cover-Foto: Standbild aus dem Kurzspielfilm *PROMENADE EN HIVER* von Urs Aebersold

Verlag: tredition GmbH, Hamburg

ISBN
Paperback: 978-3-7345-4653-2

Hardcover: 978-3-7345-4654-9

e-Book: 978-3-7345-4655-6

Printed in Germany

JULIA

Alain bleibt für mich die Liebe meines Lebens, auch wenn ich jetzt hier in dieser engen, finsteren Wohnung stehe, die er für uns gemietet hat, mit einem Küchenmesser in der Hand, von dem noch sein Herzblut tropft.

Da, wo ich herkomme, aus einer kleinen Stadt in der Provinz, haben die Jungs keinen Respekt vor uns Frauen, sie halten uns für doof oder zickig, sie spielen ihre Spielchen mit uns, die nur dazu dienen, uns ins Bett zu kriegen und die Machtverhältnisse zu klären, für den Fall, daß eine mal blöd genug ist zu heiraten.

Alain dagegen mit seinen schwarzen Haaren und seinen großen dunklen Augen hat mich vollkommen überwältigt. Gleich beim ersten Mal hat er mich angesehen, da wurde mir ganz schummrig. Nicht so, wie die anderen Männer, die versuchen, einen mit Blicken auszuziehen, oh nein, seine Augen senkten sich ganz tief in meine Seele, und es war, als berührte er mich gleichzeitig ganz zart mit seinen Händen.

Daß ich überhaupt die Chance bekam, ihn kennenzulernen, verdanke ich meiner Tante Rosa. Im Gegensatz zu meiner Mutter, die nie aus dem Kaff hinaus gekommen ist, wo ich geboren wurde, und dort auch sterben wird, hat es meine Tante Rosa gewagt, in die große Stadt zu ziehen. Sie ist einem Typ nachgereist, der in unserem Kaff große Töne gespuckt und sie geschwängert hat und sich hinterher als kleiner Vertreter entpuppte, der kaum über die Runden kam. Bevor sie heirateten, verlor sie das Baby, und bald darauf machte der Dreckskerl die Fliege, seitdem arbeitet sie als Verkäuferin in einem großen Kaufhaus und schlägt sich alleine durch.

Alle haben immer nur schlecht geredet über Tante Rosa, nur meine Mutter nicht, sie wurde ganz still, wenn die anderen über sie herzogen, insgeheim beneidet sie wohl ihre jüngere Schwester um ihre Unabhängigkeit. Wenn ich bockig war, wurde sie mir als mahnendes Beispiel vorgeführt, was Frauen passiert, wenn sie ihren Kopf zu weit aus dem Fenster strecken. Überhaupt gelten Mädchen in unserer Familie nicht viel. Als es darum ging, ob ich die Realschule besuchen sollte, entschieden sich meine Eltern dagegen und schickten stattdessen meinen Bruder in eine Automechanikerlehre, er sollte ja später mal eine Familie ernähren, ich würde sowieso bald heiraten und mein Ehemann für mich sorgen. Jetzt wohnt mein Bruder immer noch zu Hause, und das einzige Auto, um das er sich wirklich kümmert, ist sein aufgemotzter VW Scirocco, der mit seinen überbreiten Reifen, dem tiefer gelegten Fahrwerk und den grotesk aufgedunsenen Radschwellern aussieht wie ein Blech gewordener Arnold Schwarzenegger auf Anabolika-Trip.

Als ich schon eine Weile von der Schule weg war und sich die Frage stellte, wie ich die Zeit verbringen sollte, bis ich geheiratet wurde, erhielt ich zu meinem siebzehnten Geburtstag eine Karte von meiner Tante, die mich fragte, ob ich sie nicht mal für ein paar Tage besuchen wollte. Alle in meiner Familie waren dagegen, auch mein Bruder, aber nur, weil ich es war, die seine geschmacklosen Hemden bügelte. Da jede Diskussion zwecklos war, packte ich heimlich das Notwendigste in einen kleinen Koffer und verschwand, als gerade keiner zu Hause war. Ein bißchen eigenes Geld hatte ich ja, da ich während der Schulzeit und auch danach regelmäßig gejobt hatte.

Meine Tante freute sich riesig, mich zu sehen, da sie bis auf ein paar Nachbarsfrauen, die sich gegenseitig halfen, niemand hatte, mit dem sie reden konnte. Ihre Wohnung war klein und alt, aber gemütlich. Die Küche war so groß, daß sie sie zum Wohnzimmer ausgebaut hatte, sogar ein Fernseher stand darin, in einer der beiden Kammern schlief sie, die andere war voller Gerümpel. Sie schien nur darauf gewartet zu haben, daß jemand kam, denn als erstes räumten wir diese Kammer leer und füllten damit eine ganze Tonne. Unter dem ganzen Krempel war eine Matratze zum Vorschein gekommen, eine Kommode und ein wackliger Nachttisch standen in einer Ecke, und ich hatte plötzlich ein eigenes Zimmer.

Die Überraschung und das Gezeter zu Hause waren groß, als sie merkten, daß ich einfach so verduftet war, doch da sie damit rechneten, daß ich bald wieder auftauchen würde und sie sowieso alle mit sich selbst beschäftigt waren, beruhigten sie sich wieder, aber ich bin sicher, daß sie jetzt genauso über mich herzogen wie über Tante Rosa.

Ich war sehr gespannt darauf, wo meine Tante arbeitete, und ich schlug vor, sie dorthin zu begleiten. Zu meiner Verwunderung wurde sie verlegen, zog mich zu sich aufs Sofa, legte eine Hand auf meinen Arm und sah mich bedeutungsvoll an. Ich dachte zuerst, sie geniere sich vielleicht, weil sie nur eine kleine Verkäuferin war, die sich herumschubsen ließ, aber dann kam etwas ganz anderes. Sie sagte, sie habe jetzt die Verantwortung für mich, ich solle auf mich aufpassen, ich sei ein attraktives junges Mädchen und es gebe genügend Mannsbilder, die nur darauf warteten, mich zu vernaschen, so direkt drückte sie sich aus. Ich war erleichtert, daß es nur darum ging, aber auch geschmeichelt, weil ich schon gemerkt hatte, daß mir die Männer hinterherschauten, ich war groß, blond, schlank, und meinen Busen muß man auch nicht mit der Lupe suchen, doch meine Tante war die erste erwachsene Person, die mir wortwörtlich sagte, ich sei attraktiv. Ich lachte etwas dümmlich und meinte, schlimmer als als bei uns zu Hause könnten die Männer hier doch wohl kaum sein.

Im Kaufhaus arbeitete meine Tante in der Herrenabteilung, was ich etwas enttäuschend fand, denn dort war nicht viel los. Um den Leerlauf zu verschleiern, sprachen sich die Verkäuferinnen gegenseitig ab, sortierten ständig das Sortiment um, falteten heimlich Pullis und T-Shirts auseinander, um sie dann gut sichtbar langsam und sorgfältig wieder zusammenzulegen, als hätte sie gerade ein Kunde anprobiert.

Auch meine Tante war darin sehr routiniert und ließ sich nie erwischen, schon gar nicht vom Abteilungsleiter, der auf einmal neben ihr stand, angeblich, weil er wichtige Informationen zu einem neuen Herrenanzug hatte, in Wahrheit angelockt von einem Honigtopf, den er erspäht hatte, und der Honigtopf war ich. Er sprach wichtigtuerisch auf meine Tante ein und schielte dabei immer wieder nach mir, und da er nicht wußte, ob ich eine Kundin war oder was ich sonst bei seiner Untergebenen zu suchen hatte, wandte er sich plötzlich mit gespielter Unterwürfigkeit an mich und betonte, es sei sonst nicht seine Art, ein Kundengespräch zu unterbrechen.

Ich sagte wahrheitsgemäß, daß Rosa meine Tante sei und daß ich nur sehen wollte, wo sie arbeitete. Entzückt richtete er sich wieder an meine Tante und fragte sie übertrieben teilnahmsvoll, ob die Abteilung nicht vielleicht eine Hilfe gebrauchen könnte und ob ich vielleicht interessiert sei.

Tante Rosa und ich sahen uns an und mußten uns beide sehr beherrschen, um nicht laut loszuprusten. Tante Rosa blickte ihren Vorgesetzten ernst an und murmelte scheinbar verlegen, sie hätte nie gewagt, einen solchen Wunsch auszusprechen, aber in der Tat, eine Hilfe könnten sie gut gebrauchen.

Der Abteilungsleiter sah wieder mich an, doch diesmal gelang es ihm nicht rechtzeitig, das Lüsterne in seinem Ausdruck zu unterdrücken. Ich sah fragend zu meiner Tante, die mir unmerklich zuzwinkerte, dann wandte ich mich wieder an ihren Vorgesetzten und sagte mit leiser Stimme, wie er es sich von einem jungen Mädchen wie mir wohl erwartete, daß ich mir durchaus vorstellen könnte, hier für ihn zu arbeiten.

Es entsprach nicht gerade meiner Traumvorstellung, in der Herrenabteilung eines Kaufhauses in den Ernst des Lebens einzusteigen, aber ich war noch jung, und es mußte ja nicht für alle Zeiten sein. Meine Eltern willigten überraschend schnell in meine Pläne ein, wahrscheinlich waren sie froh, mich loszuwerden, und so begann ich meine Lehrlingskarriere unter den Fittichen meiner Tante.

Die Langeweile war das Schlimmste, an das ich mich gewöhnen mußte. Die paar Männer, die sich dort allein herumdrückten, versuchten sich so unauffällig wie möglich umzusehen, als würden sie etwas Verbotenes tun, und wenn sie sich für etwas entschieden hatten, packten sie den Artikel und preßten ihn gegen den Körper, als hätten Sie Angst, auf dem Weg zur Kasse ihrer Unterhose oder ihrer Socken beraubt zu werden.

Kamen die Männer dagegen in weiblicher Begleitung zum Einkaufen, ging es selten ohne Drama ab. Erst wurden sie von ihren Frauen bei der Auswahl ihrer Klamotten bevormundet wie Kinder, die nicht wissen, was ihnen guttut, und wenn sie es wagten, auf ihren eigenen Wünschen zu beharren, hatten sie meistens nicht den Mumm, die Sache bis zum Ende durchzufechten, schon allein deshalb nicht, weil sie im Gegensatz zu ihren Frauen lautstarke Auseinandersetzungen in der Öffentlichkeit fürchteten wie der Teufel das Weihwasser und wohl auch den Hausfrieden nicht gefährden wollten. Sie beugten sich dann mit verkniffenen Gesichtern dem Willen ihrer besseren Hälfte, auch wenn deren Geschmack noch so fürchterlich war.

Dann gab es noch die Gestörten, die garantiert keine bessere Hälfte zu Hause hatten und gar nicht mit der Absicht kamen, etwas zu kaufen, sondern nur, um Dampf abzulassen. Sie schnappten sich herrisch die erstbeste Verkäuferin, hielten ihr ein teures Hemd unter die Nase, zweifelten an der Qualität, schimpften auf den überhöhten Preis, fragten nach Marken, von denen sie genau wußten, daß das Kaufhaus sie nicht führte, beschwerten sich über den unfreundlichen Ton des Personals und zogen schließlich ab im trügerischen Hochgefühl ihrer vermeintlichen Überlegenheit.

Nach der Langeweile war es vor allem der Abteilungsleiter, der meine Nerven strapazierte. Immerzu erfand er fadenscheinige Gründe, sein Kabuff zu verlassen und um mich und meine Tante herumzuscharwenzeln, und damit es nicht zu auffällig wurde, blieb er gelegentlich auch bei den anderen Verkäuferinnen stehen, die jedoch schon längst kapiert hatten, worum es ihm in Wahrheit ging.

Ich weiß nicht, was er eigentlich von mir wollte, ich war ja nicht einmal volljährig und stand in einem Abhängigkeitsverhältnis zu ihm, aber ich spürte, daß er sich jedesmal in einem absoluten Ausnahmezustand befand, wenn er sich mir näherte, der Schweiß brach ihm aus und seine Augen glitschten wie Zungen über meinen Körper, aber er redete nur darüber, wie toll der Job hier sei und welche Aufstiegsmöglichkeiten sich boten, dabei waren ihm seine schmutzigen Absichten für alle sichtbar von der Stirn abzulesen.

Dann kam der Tag, an dem Alain in mein Leben trat.

Es dauerte eine Weile, bis ich ihn wahrnahm, denn er verhielt sich zunächst wie alle Männer, die allein einkauften. Er drückte sich an den äußersten Regalen entlang, äugte immer wieder zu mir herüber, kam langsam näher und verharrte zuletzt vor den Krawatten ganz in meiner Nähe, obschon ganz offensichtlich war, daß er niemals welche trug.

Ich wandte mich um und ging die paar Schritte auf ihn zu, bis ich dicht vor ihm stand. Sein Blick aus tiefschwarzen Augen traf mich unvorbereitet und drang tief in mich ein. Sein Haar war dicht und strubbelig und ebenso tiefschwarz wie seine Augen, auch seine blassen, glattrasierten Wangen schimmerten schwarz. Er hatte etwas Trauriges und gleichzeitig Tierhaftes an sich, und sein untersetzter, muskulöser Körper schien ständig auf dem Sprung.

Als ich mich erholt hatte, fragte ich ihn lächelnd, ob ich ihm helfen könne. Er runzelte die Stirn und schien erst jetzt darüber nachzudenken, was er eigentlich hier wollte, ließ mich aber keine Sekunde aus den Augen. Mir wurde langsam schummrig, und ich wollte mich schon in Sicherheit bringen, als er endlich, leise und heiser, hervorstieß, er suche eine Krawatte zum Geburtstag seines Vaters, Geld spiele keine Rolle.

Froh, etwas tun zu können, griff ich nach den Seidenkrawatten, legte sie über meinen Arm und hielt sie vor ihn hin, damit er sie besser sehen konnte. Er griff nach einigen Exemplaren, ließ sie behutsam durch seine Finger gleiten und berührte dabei ganz leicht meine Hand. Sogleich lief ein Schauer durch meinen Körper, meine Beine gaben nach, und ich mußte mich gegen den Warentisch lehnen.

Er schien zu merken, daß etwas Außergewöhnliches in mir vorging, und fragte mich, ob alles in Ordnung sei. Ich lächelte ein bißchen zu sehr und piepste, das Stehen den ganzen Tag über mache mich schwindlig, dabei hielt ich immer noch meinen Arm mit den Krawatten ausgestreckt.

Er griff nach den Krawatten, hob sie von meinem Arm herunter und legte sie bedächtig auf den Warentisch. Ich ließ meinen Arm sinken und erwartete jeden Augenblick, daß er mich an sich reißen und küssen würde, doch er sah mich nur ernst an, sagte, er könne sich noch nicht entscheiden und werde morgen wiederkommen. Er ging ein, zwei Schritte rückwärts, sah mich unverwandt an, drehte sich abrupt um und war auf einmal verschwunden.

Ich atmete tief ein und bewegte meine Glieder, als hätte ich die ganze Zeit unter Hypnose gestanden. Ich wandte mich um und bemerkte erst jetzt, daß meine Tante offenbar alles beobachtet hatte und entgeistert zu mir herüberstarrte.

Zu Hause sprachen Tante Rosa und ich zunächst kein Wort miteinander, ich, weil ich mich gekränkt fühlte von ihrer Reaktion auf meine Begegnung mit Alain, diesem überirdisch tollen Mann, von dem ich ja noch gar nicht seinen Namen kannte, und sie, weil sie nicht wußte, wie sie es anfangen sollte, mit mir zu reden, ohne mich sogleich in eine Trotzhaltung zu treiben.

Schließlich fragte sie mich vorsichtig, wer das denn gewesen sei, den ich so zuvorkommend bedient hatte, ob ich ihn von irgendwoher kenne.

Mir wäre es lieber gewesen, sie hätte gleich mit einer Moralpredigt angefangen, so in der Art, daß man sich Kunden gegenüber zwar freundlich, aber nicht so vertraulich benehmen dürfe, dann hätte ich einen Grund gehabt zu explodieren, so konnte ich nur gereizt erwidern, dieser Mann sei der erste Kunde gewesen, der Ahnung von Mode gehabt zu haben schien - daß er morgen wiederkommen wollte, erwähnte ich lieber nicht.

Tante Rosa ließ nicht locker und erkundigte sich beiläufig, ob zu meiner Vorstellung von angemessener Kundenbetreuung auch gehöre, sich rücklings gegen den Warentisch zu lehnen und sich gleichzeitig fast waagrecht nach hinten zu biegen, ob man diese Haltung bei einer Verkäuferin nicht leicht mißverstehen könne.

Jetzt hatte meine Tante endlich den Punkt getroffen, damit ich loslegen konnte, und ich tat mir keinen Zwang an. Ich fing damit an, daß sie doch nur neidisch sei, weil ich jung und attraktiv sei, daß sie verbittert sei, weil sie betrogen und verlassen wurde und nicht mehr daran glaube, daß es so etwas gebe wie spontanes, uneigennütziges Sichverlieben.

Bei meinen letzten Worten horchte mein Tante auf und sah mich aufmerksam an, daran merkte ich, daß ich mich verplappert hatte. Ich bedauerte auch gleich meine Ausraster mit dem Betrogen- und Verlassenwerden, doch meine Tante blieb gelassen und schien das gar nicht registriert zu haben, sie machte einen Schritt auf mich zu, faßte mit beiden Händen zart mein Gesicht und sagte mit einer Stimme, die große Anteilnahme verriet, sie wolle doch meinem Glück nicht im Weg stehen, sie bitte mich nur, ab und zu einen Schritt zurückzutreten und genau zu prüfen, ob ich auch wirklich gutheiße, was mit mir geschehe.

Eine solche Wendung unserer Auseinandersetzung hatte ich nicht erwartet, die sanfte, verständnisvolle Art meiner Tante, die ich von meiner Mutter nicht kannte, trieb mir die Tränen in die Augen, ich umarmte sie ungestüm und brach in heftiges Schluchzen aus.

Am nächsten Tag versuchte ich mich so herzurichten, daß es Alain, von dem ich den Namen ja immer noch nicht kannte, auffallen würde, ohne den Argwohn meiner Tante zu wecken.

Es dauerte bis Mittag, bis er endlich auftauchte, doch davor mußte ich wieder einmal das sinnlose Geschwätz des Abteilungsleiters ertragen, der sich diesmal so stark parfümiert hatte, daß mir fast übel wurde.

Wie schon beim ersten Mal schlich Alain zuerst außen um die Regale herum, doch als er mich erspäht hatte, bewegte er sich zügig auf mich zu. Meine Tante hatte gerade mit einem Kunden zu tun, und ich zog mich unauffällig hinter eine Säule zurück, damit sie mich diesmal nicht überwachen konnte.

Alain blieb nahe vor mir stehen und baute sich fast drohend vor mir auf. Er sagte, das mit der Krawatte gestern sei nur ein Vorwand gewesen; als er mich gesehen habe, sei sein einziger Gedanke gewesen, mich persönlich kennenzulernen.

Ich riß die Augen auf und tat sehr überrascht, aber mein Herz machte einen gewaltigen Sprung. Es gelang mir tatsächlich, mit strengem Gesichtsausdruck zu erwidern, daß wir Verkäuferinnen sehr strikte Verhaltensregeln zu beachten hätten, doch Alain zuckte nur verächtlich mit den Schultern, griff in die Brusttasche seiner abgetragenen Lederjacke, holte eine Geschäftskarte hervor, drückte sie mir bedeutungsvoll in die Hand und raunte mir zu, ich solle ihn anrufen, ab sofort sei er immer für mich da und werde alles für mich tun, ich müsse ihn nur lassen.

Er war ebenso schnell verschwunden wie gestern, und so starrte ich auf die Karte in meiner Hand, die schon abgestoßene Ecken hatte, aber für mich den Eintritt in eine ganz neue, verzauberte Welt bedeutete: Alain Beauvoir, stand dort, CEO General Management, keine Adresse, keine Mail, nur eine Handy-Nummer. Ich sah rasch auf, ob mich jemand beobachtete, dann steckte ich die Karte tief in meinen Ausschnitt.

Als erstes kaufte ich mir ein Handy mit einer Prepaidkarte und probierte es mit Alains Nummer gleich aus. Er nahm den Anruf sofort an, klang aber mißtrauisch und schlecht gelaunt, erst als er meine Stimme erkannte, wurde er wieder locker. Ich fragte ihn, ob wir uns sehen könnten, und er machte gleich einen Vorschlag, das *Neptun*, ein Lokal in der Nähe des Kaufhauses. Meiner Tante sagte ich, daß ich nach der Arbeit mal ins Kino gehen wollte.

Das *Neptun* entpuppte sich als heruntergekommene Gaststätte, wie ich sie nur aus meinem Heimatkaff kannte. Früher mußte es ein gediegenes, stimmungsvolles griechisches Restaurant gewesen sein, jetzt verfiel alles, überall blätterte der Putz ab, und die Gäste, die sich hier einfanden, studierten mehr die Getränke- als die Speisekarte.

Alain saß schon an einem der Tische, als ich herein kam, und ihm war offensichtlich bewußt, daß er bei mir mit diesem Lokal nicht punkten konnte. Er entschuldigte sich damit, daß er kein Kneipengänger sei und mir bei unserem ersten Treffen einen langen Weg ersparen wollte, doch als er bestellte, hatte ich den Eindruck, daß er die Bedienung schon länger kannte.

Das Essen war überraschend gut, langsam vergaß ich meine Umgebung und geriet wieder völlig in den Bann von Alain. Er erzählte mir, daß er gerade in einer beruflichen Umbruchphase stecke, daß ihn ehemalige Geschäftspartner schwer betrogen hätten und daß er sehr glücklich sei, in dieser schwierigen Zeit mich kennenzulernen, das gebe ihm die Kraft, um weiterzumachen. Dabei berührte er immer wieder meine Hände, faßte an meinen Arm oder drückte zart meinen Rücken, sodaß mir ein Schauer nach dem anderen den Rücken hinauf- und hinunterlief und ich ihm rückhaltlos anvertraute, daß ich bei meiner Tante wohnte, wie ich in dieses Kaufhaus geraten war, aber gewiß nicht dort versauern wollte.

Alain schien diese letzte Bemerkung mit großer Genugtuung aufzunehmen, in seinen Augen blitzte es auf, und er flüsterte fast beschwörend, wir beide zusammen würden noch Großartiges zustandebringen.

Wir brachen auf, und es entstand eine neue Peinlichkeit, als ich Alain bat, mir zu zeigen, wo er wohnte. Erneut entschuldigte er sich mit seiner augenblicklichen mißlichen Lage, er hause vorübergehend in einem Rattenloch, das er mir ersparen wolle zu sehen, er sei aber kurz davor, eine größere Wohnung zu mieten, dort könnten wir uns schon bald treffen.

Bei der Treppe zu meiner U-Bahn blieb ich stehen und sah Alain erwartungsvoll an. Diesmal tat er mir den Gefallen, riß mich an sich und küßte mich ausdauernd und intensiv auf den Mund. Seine Lippen saugten sich besitzergreifend an meinen Lippen fest, und zwischendurch wanden sich unsere Zungen wie hungrige Schlangen umeinander. Ich bekam keine Luft mehr, löste mich fast gewaltsam von Alain und atmete ein wie eine Ertrinkende, die es gerade noch an die Wasseroberfläche geschafft hat.

Alain schien mit dem Ergebnis seiner Bemühungen zufrieden zu sein, stumm drückte er mit seinen Händen kurz meine Hände, machte das Zeichen des Telefonierens und war wieder so plötzlich verschwunden wie bei den ersten beiden Malen.

Ich ließ mir Zeit mit dem Nachhausegehen, denn der Film, den ich angeblich sehen wollte, war noch nicht aus. Ich murmelte die Handlung vor mich hin, die ich irgendwo in einer liegengebliebenen Zeitung gelesen hatte, und versuchte ruhig zu atmen, damit mich mein innerer Aufruhr nicht bei meiner Tante verriet.

Die nächsten Tage ging es immer so weiter, wir trafen uns, wir küßten uns, und dann war Alain wieder auf dem Sprung. Eigenheiten fielen mir auf, die mich rührten, zum Beispiel, daß er sofort nervös wurde, wenn ich Absätze trug, denn dann war ich gleich groß oder eher größer als er und er konnte nicht mehr zu mir hinunterschauen wie zu einem Kind, das man belehren muß, wenn er mit mir sprach, und so gewöhnte ich es mir an, flache Schuhe zu tragen. Oder er sah heimlich, aber unablässig um sich wie ein scheues Tier, wenn wir unterwegs waren, als ob überall Raubtiere auf uns lauerten. Und nie sah ich ihn mit einem Freund oder sonst einem Menschen, mit dem er engeren Umgang hatte.

Mir war klar, daß ich irgendwann meiner Tante gestehen mußte, daß ich nicht einfach nur herumspazierte, wenn ich nach der Arbeit nicht mit ihr nach Hause ging, doch da ich nie die Nacht ausblieb und immer pünktlich zur Arbeit antrat, verschonte sie mich mit Ermahnungen.

Ich konnte kaum erwarten, daß Alain endlich eine Wohnung fand, in die er mich mitnahm, und endlich war es soweit. Wie üblich tat er geheimnisvoll und dämpfte gleich meine Erwartung, er habe ein günstiges Angebot bekommen und sofort zugegriffen, als Übergang zu einer gemeinsamen komfortableren Bleibe müsse es reichen.

Die Wohnung befand sich in einem Stadtteil, in dem früher die Arbeiter wohnten, und genauso sah sie aus. Meine Tante wohnte zwar auch in einem Altbau, doch in ihrem Viertel war alles renoviert. Sie bestand aus zwei Zimmern, die ursprünglich von einer größeren Wohnung abgetrennt worden waren, man hatte eine Küchenzeile und eine Dusche hinein gequetscht, und es muffelte ein bißchen, da es die Nordseite war. Im kleineren Zimmer stand ein riesiges Bett, im Wohnzimmer vier alte Lehnstühle, eine durchgesessene Couch und ein wackliger Glastisch, in den Küchenschränken waren Gläser, die nicht zueinanderpaßten, und Geschirr und Besteck, das gründlich abgewaschen gehörte.

Alain belauerte mein Reaktion und wußte sogleich, daß ich nicht begeistert sein würde. Er murmelte, was er schon vorher gesagt hatte, daß das nur vorübergehend sei, begann mich im Nacken zu küssen und streichelte mit beiden Händen meine Brüste.

Ich kam mir kleinlich vor angesichts seiner Bemühungen um ein gemeinsames Nest, ich spürte seine Erregung und meine eigene aufsteigende Hitze, und als wir nackt auf dem riesigen Bett landeten, machte er hemmungslos bis zur Ekstase unanständige Sachen mit mir, von denen ich zwar schon gehört hatte, aber nicht gedacht hätte, daß man sie auch wirklich tut.

Wie tot lagen wir danach engumschlungen auf dem Bett, und mit Verwunderung nahm ich den Blutfleck auf dem Laken wahr, der mich daran erinnerte, daß ich zum ersten Mal mit einem Mann intim gewesen war.

Die nächsten Tage verliefen ähnlich, doch aus dem anfänglichen, spontanen, fast tierhaften Übereinanderherfallen und den Aufregungen der ersten Umarmungen wurde allmählich verläßliche Routine, ohne daß mich das gestört hätte, im Gegenteil, ich fühlte mich zunehmend als gleichwertige Partnerin.

Meiner Tante mußte ich natürlich reinen Wein einschenken, ich hätte ihr sowieso nichts vormachen können; wenn sie mich ansah, wußte ich sofort, daß sie alles erahnte. Ich erzählte ihr nur das Nötigste und betonte die tiefe gegenseitige Verbundenheit, das Körperliche ließ ich vorsichtshalber beiseite.

Ich übernachtete nur gelegentlich in unserer gemeinsamen Wohnung, denn Alain war geschäftlich viel unterwegs, ohne daß er mir groß erklärte, was er eigentlich tat, und wenn er nicht da war, fühlte ich mich dort einsam und verlassen. Es störte mich ein wenig, daß wir nichts gemeinsam unternahmen, doch ich tröstete mich damit, daß sich alles ändern würde, sobald Alain seine Angelegenheiten geregelt haben würde.

Doch Alain wurde immer schweigsamer und verschlossener, es schien schwieriger zu sein, das Geld von seinen ehemaligen Geschäftspartnern zurückzubekommen, als er geglaubt hatte, und das brauchte er dringend für seine eigenen Investitionen. Irgendetwas mit Kinderspielzeug aus China, das er dann teuer im Internet verkaufen wollte.

So kam es, wenn wir zusammen im Bett lagen nach unseren ausschweifenden sexuellen Vereinigungen, daß Alain vorsichtig danach fragte, was ich langfristig denn finanziell beitragen könnte zu unserer gemeinsamen Zukunft. Das war ein wunder Punkt für mich, denn mit meinem Lehrlingsgehalt konnten wir gerade das Essen in den Restaurants bezahlen, und das auch nur in den billigsten, die Miete für unsere gemeinsame Wohnung und die Nebenkosten blieben an Alain hängen.

Alain bemühte sich wirklich, er zeigte mir sogar Gerichtsurteile, die ihn benachteiligten, doch wenn ich sie genauer lesen wollte, um mit ihm Gegenargumente zu finden, verstaute er die Dokumente rasch wieder in den Taschen seiner Lederjacke und sagte, das sei Männersache.

Und dann kam der Tag, der alles veränderte.

Ich war bei meiner Tante, und wir aßen gerade *Karniyarik*, eine leckere türkische Speise, die sie auf ihrer einzigen Auslandsreise zu kochen gelernt hatte, als mein Handy klingelte. Tante Rosa sah mich sofort ahnungsvoll an, denn seit ich Alain kennengelernt hatte, war ich entweder in unserer gemeinsamen Wohnung oder bei meiner Tante, und wenn ich bei ihr war, rief er nie an.

Alain sagte, daß wir reden müßten, und er sagte es mit einer monotonen, merkwürdig abgewürgten Stimme, als ob jemand auf seinem Rücken hockte und ihm die Luft abdrückte.

Als ich unsere Wohnung betrat, war Alain schon da. Er war noch nervöser als sonst und fiel gleich wortlos über mich her. Ich war zwar nicht in Stimmung, doch da Sex mittlerweile unsere gemeinsame, alles Negative auslöschende Verbindung war, ließ ich mich fallen, in der vagen Hoffnung, daß alles nur halb so schlimm sei wie befürchtet.

Als wir wieder zur Besinnung kamen, starrte Alain mich düster an und murmelte, der heutige Tag sei die große Bewährungsprobe für unsere Liebe oder etwas Ähnliches in der Art. Ich verstand kein Wort von dem, was er sagte, und bat ihn, er möge sich doch deutlicher ausdrücken.

Alain rückte näher an mich heran und flüsterte, heute könne ich ihm meine Liebe beweisen und gleichzeitig etwas für unsere leere Kasse tun, es liege ganz bei mir. Ich lachte, zupfte ihn an seinen widerspenstigen Haaren und und fragte ihn, ob es nicht ein bißchen weniger dramatisch ginge, natürlich würde ich alles für ihn tun.

Alain nickte mehrmals schwerfällig mit dem Kopf, als hätte er Mühe, sich meine Worte zu merken, erhob sich bedächtig vom Bett, schlüpfte in seine Unterhose, ging zur Tür, ohne mich je aus den Augen zu lassen, dann ging er rasch hinaus.

Ich lag immer noch nackt da, schob meine Hände hinter den Kopf und versuchte vergeblich zu ergründen, was Alain mit seinen Andeutungen gemeint haben könnte, als sich die Tür zum Schlafzimmer langsam wieder öffnete und oben plötzlich der Kopf meines Abteilungsleiters erschien und unten dann der ganze Körper, nackt, haarig, der weiße Bauch vorgewölbt, die bleichen Beine spindeldürr. Er schloß die Tür hinter sich und war wohl im ersten Augenblick genauso gelähmt wie ich, doch dann hastete er auf das Bett zu, setzte sich ganz an den Rand und sagte, er habe mit Alain alles geklärt, er werde sehr behutsam sein.

Ich war immer noch wie erstarrt und brachte kein Wort hervor, was der Abteilungsleiter offensichtlich als Zustimmung wertete. Er begann mich gierig zu betatschen, sein Mund saugte sich an meinen Brüsten fest, seine Hände fuhren grob zwischen meine Beine, und schon bald wälzte er sich rücksichtslos auf mich drauf.

Eine seltsame Regung hielt mich davon ab, den widerlichen Kerl einfach aus dem Bett zu werfen, und statt mich darüber zu wundern, nahm ich aus den Augenwinkeln wahr, daß Kondome auf dem Nachttischchen verstreut lagen, die ich vorher nicht wahrgenommen hatte. Ich nahm eins davon und stülpte es über das baumelnde Glied des Abteilungsleiters, das, kaum eingedrungen, schon heftig zu zucken begann, begleitet von kehligem, dumpfen Stöhnen.

Der Abteilungsleiter hob sein Gesicht aus dem Kopfkissen, in dem es vergraben war, sah mit wirrem Haar und wildem Blick um sich, fing sich allmählich wieder, stand rasch auf und sagte im Weggehen, das sei jetzt unser kleines Geheimnis, er sei sehr großzügig, man könne sich jederzeit arrangieren.

In mir war alles erloschen, meine Kraft, meine Zuversicht, meine Freude, ich konnte nicht glauben, was eben geschehen war. Hatte ich geträumt? Würde ich gleich aus diesem Alptraum erwachen?

Die Tür öffnete sich geräuschlos und Alain stand im Zimmer, er hatte sich wieder angezogen. Ängstlich und schuldbewußt sah er auf mich nieder, aber auch mit einer gewissen schändlichen Neugier, ob oder wie ich das wohl verkraftet hatte.

Und auf einmal flammten Wut und Stolz in mir auf, niemals würde ich ihm sagen, wie mir wirklich zumute war, ich stand am Abgrund, aber er sollte mich nicht stürzen sehen.

Ich rollte mich vom Bett und ging an ihm vorbei, ohne etwas zu sagen, was ihn offensichtlich mächtig irritierte und verunsicherte. Ich hatte vor, mich ausgiebig zu duschen, mich anzuziehen, die Wohnung zu verlassen, Alain aus meiner Erinnerung zu streichen und irgendwie zu versuchen, das ganze zu vergessen.

Ich war im Flur schon kurz vor dem Bad, als ich durch die halbgeöffnete Tür des Wohnzimmers die ausgestreckten Beine von drei Männern sah, die auf den Lehnsesseln saßen, mit den Füßen scharrten, sich räusperten und und augenscheinlich auf etwas warteten.

Mit einem Schlag wurde mir klar, was das bedeutete, und als ob Alains Niedertracht nicht schon unverzeihlich genug gewesen wäre, sollte sie durch weitere Erniedrigungen offenbar noch gesteigert werden.

Wie in Trance änderte ich die Richtung, ging leise in die Küche, öffnete eine der Schubladen und holte ein langes, scharfes Messer heraus. Ebenso leise ging ich ins Schlafzimmer zurück, wo Alain unruhig hin und her ging und auf meine Rückkehr wartete. Ich hielt das Messer hinter meinem Rücken verborgen, ging lächelnd auf ihn zu, holte mit der Rechten aus, stieß es ihm bis zum Heft in die Brust und zog es erst wieder heraus, als seine Augen bereits brachen und er haltlos zu Boden sank.

Ich löse meinen Blick von Alain, der still und verdreht in seinem Blut vor mir auf dem Boden liegt, und stelle mich dann, immer noch nackt, in die Tür zum Wohnzimmer, das blutige Messer hoch erhoben, sodaß die drei Männer, die ahnungslos und beharrlich auf mich warten, in Panik die Flucht ergreifen. Die Versuchung ist groß, das Messer auch in meine Brust zu stoßen, doch ich denke an meine Tante und das Baby, das sie verloren hat, den Dreckskerl, von dem sie verlassen wurde, und wie sie trotzdem ihr Leben meistert. Vielleicht glaubt die Polizei meine Geschichte, denn ich habe Alain ja nicht aus niederen Beweggründen getötet. Was auch immer aus meinem Leben wird, Alain wird auf ewig in meinem Herzen sein, auch wenn er es mir gebrochen hat und ich ihm seinen Verrat nie verzeihen werde. Die Wahrheit ist, daß er schwach war und bedürftig und nicht begriffen hatte, wie sehr ich ihn liebte. Zusammen hätten wir alles erreichen können, nur nicht so, wie er sich das dachte. Aber ich bin ja noch jung, das Leben geht weiter, und ich hoffe, daß wenigstens meine Tante Rosa mich versteht.

AM ENDE EINES TAGES

Das Verhängnis begann mit seinem Alptraum an jenem Nachmittag, als Alex schon glaubte, das Schlimmste überwunden zu haben...

Ein Sommernachmittag mit Gewitterstimmung. Ein knappes Dutzend Kinder, die Gesichter erhitzt vom Spiel, steht wie erstarrt in unterschiedlichem Abstand zueinander in einem Viertelkreis um einen Baum herum, auf den sich alle Augen richten. Mit dem Rücken zu ihnen steht ein Mädchen gegen den Baum gelehnt, das Gesicht auf seinem rechten Unterarm. Das Mädchen zählt jeweils bis drei, manchmal langsam, dann wieder schnell. In dieser Zeit rücken die anderen Kinder rasch auf den Baum zu, dann dreht sich das Mädchen blitzartig um und versucht sie mitten in einer Bewegung zu erwischen.

Eben hat ein kleiner, eifriger Junge das Mädchen mit seinen letzten Schritten erreicht und berührt und darf als nächster zählen. Der Junge ist erst forsch und laut, doch je näher seine Spielkameraden heranrücken, desto ängstlicher wird er, desto geschickter werden seine Freunde, bis er bald keinen mehr erwischt, sodaß sie in breiter Front, stumm und bedrohlich, einen immer dichteren Kreis um ihn schließen.

Das Spiel schlägt plötzlich um, anstelle der Kinder stehen auf einmal Totengerippe da, der Junge wird immer panischer, zählt immer schneller und hysterischer, die Skelette rücken immer näher, bis sich der Junge überhaupt nicht mehr umzudrehen wagt, doch die Gerippe, wie ferngesteuert, kommen trotzdem näher, im gleichen Rhythmus wie vorher, als der Junge noch zählte. Der Junge reißt den Mund zu einem Schrei auf, doch kein Laut dringt aus seiner Kehle.

Alex Leitner fährt mit einem angstvollen Stöhnen von seinem Bett hoch, auf dem er angezogen gelegen hat. Sein Zimmer ist geräumig, mit hoher Decke und Parkettboden, und die Einrichtung verrät, daß sein Bewohner schon eine Weile hier lebt und man bis auf das elektrisch verstellbare Bett alles vermieden hat, es als Krankenzimmer erscheinen zu lassen.

Alex atmet ein paarmal tief durch, bis er sich von seinem Alptraum erholt hat, dann steht er abrupt auf, geht zum Fenster, schiebt den dicken Vorhang beiseite und sieht durch die feinen, gazeartigen Storen hinunter in den weitläufigen, parkähnlichen Garten der Klinik, der sorgfältig gepflegt ist und dennoch urtümlich wirkt, mit vielen alten Bäumen, wild wachsenden Büschen und Hecken, dazwischen Rasen und schmale Kieswege.

Ein Teil der Patienten sitzt auf den Bänken, lesend, ruhend, manche gehen gemächlich auf und ab, gestützt, begleitet oder aus der Ferne beaufsichtigt vom Pflegepersonal.

Es ist ein friedliches, fast irreal idyllisches Bild, die Farben milchig gedämpft durch die Storen. Kein Laut dringt herauf, keine schnellen, hastigen Bewegungen beunruhigen das Auge, unbedroht, fast wie in Zeitlupe scheint sich das Leben da unten abzuspielen.

Wie in Trance starrt Alex hinunter, dann klopft es hinter ihm leise an die Tür, und Schwester Martha, eine Frau von etwa fünfzig, mittelgroß, kräftig, mit wachen Augen, erscheint auf der Schwelle.

Martha hält in ihrem Schwung inne, als sie Alex am Fenster ansichtig wird, und ruft ihn leise an. Alex dreht sich kurz nach Martha um, erkennt sie, lächelt ihr zu und schaut wieder zum Fenster hinaus.

Martha betritt erst jetzt vollends das Zimmer, schließt behutsam die Tür hinter sich und stellt sich leise neben Alex.

Alex fängt an zu sprechen, sieht Martha dabei aber nicht an. „Glauben Sie, daß sich der Tod durch reine Willenskraft fernhalten läßt?"

„Ach, Alex, mit was für Gedanken Sie sich immer quälen..."

Alex wendet sich lächelnd Martha zu, doch hinter seinem Lächeln brennt ein bohrender Blick. „Glauben Sie's?"

Martha erschauert innerlich vor diesem Blick. „Wir sind doch alle nur sterbliche Menschen..."

Alex wendet sich enttäuscht dem Fenster wieder zu, er wirkt auf einmal kraftlos und niedergeschlagen. „Ich kenne den Tod, und ich weiß, wie man ihn in Schach hält... er ist ein großer, schwarzer Trichter, in dem die Zeit unmerklich versickert, doch wenn man unentwegt darauf starrt, bleibt sie stehen - aber kann man das noch ‚leben' nennen?"

Schwester Martha faßt Alex leicht am Arm. „Alex, Dr. Eberhard wartet auf Sie... Sie wissen doch... Ihre Schachpartie..."

Alex lächelt Martha freundlich, fast heiter zu. „In den ganzen drei Monaten, die ich jetzt hier bin, ist es mir noch nicht einmal gelungen, Sie mit meinem Pessimismus anzustecken - ich wünschte, ich hätte Ihre Zuversicht..."

Alex betritt das Büro von Dr. Eberhard, das eher wie ein Wohnzimmer behaglich und altmodisch eingerichtet ist.

Dr. Eberhard, fünfundsechzig, kompakt, sanguinisch, die Haare leicht ergraut, erfaßt Alex' Gestalt mit hellen, freundlichen Augen, denen dennoch nichts entgeht, erhebt sich halb und deutet auf einen bequemen Sessel, der vor einem kleinen Tisch mit aufgebautem Schachbrett steht. „Kommen Sie, kommen Sie, ich glaube, ich weiß jetzt, wie ich Sie mattsetzen kann..."

Alex nimmt auf dem angebotenen Sessel Platz, und auch Dr. Eberhard setzt sich wieder hin, als hätten sie die Partie nur kurz unterbrochen.

Alex mustert rasch die Stellung, dann zieht Dr. Eberhard mit ernstem Gesicht einen seiner schwarzen Steine.

Auf Alex' Gesicht erscheint ein breites Grinsen, er greift nach seiner Dame, bietet dem feindlichen König Schach und bedroht gleichzeitig einen der schwarzen Türme. „Laß deine Patienten gewinnen, aber nicht zu offensichtlich, und sie therapieren sich selbst - so ähnlich muß das in Ihren Lehrbüchern stehen..."

„Aber ich bitte Sie... ich spiele wirklich nicht besonders gut..." Dr. Eberhard bringt seinen König in Sicherheit und verliert deswegen beim nächsten Zug von Alex den einen Turm. „Aber wir sitzen hier ja auch nicht nur zusammen, um Schach zu spielen..."

„Sondern?"

Dr. Eberhard zieht beiläufig seinen ihm noch verbliebenen Springer, bedroht Alex' Dame und lehnt sich in seinem Sessel zurück. „...sondern um miteinander zu beraten, wie es mit Ihnen weitergehen soll..."

Alex läßt seine Hand über dem Brett kreisen und entscheidet sich dafür, seine Dame zu retten. „Wollen Sie mich loswerden? Ich fühle mich hier sehr geborgen..."

„Das freut mich zu hören, aber Sie wissen selbst, daß Sie das Schlimmste überstanden haben... Sie sind kein Alkoholiker, Sie haben nur in einer Krisensituation den Halt verloren..."

Alex wird plötzlich sehr abweisend. „Krisensituation? Meine Frau will sich immer noch scheiden lassen, und sie antwortet auf keinen meiner Briefe..."

„Aber der Scheck aus Los Angeles trifft regelmäßig ein..."

„Das erledigt ihr Agent, Marcia muß ja Karriere machen..."

„Sie können Marcia nicht vorwerfen, daß sie in den fünf Jahren, die ihr verheiratet seid, eine gefragte Schauspielerin geworden ist..."

„...und ich ein Niemand, der Mann an ihrer Seite..."

„Ach, Alex, das hatten wir doch alles schon..."

„Ich liebe Marcia noch immer, das ist mein Problem!"

„Als Sie sie kennenlernten, war sie ein Starlet aus Übersee und spielte eine kleine Rolle in einem Ihrer Filme... da waren Sie der große King... prüfen Sie sich, ob Sie nicht Liebe und Erfolg allzu sehr durcheinanderbringen."

Dr. Eberhard beugt sich vor und macht plötzlich mit großer Entschiedenheit einen Zug. „Schachmatt... das kommt davon, wenn man nicht bereit ist, seine Dame zu opfern..."

Alex starrt auf das Brett und schaut dann verblüfft Dr. Eberhard an. „Das ist nicht fair, Doktor..."

An diesem Abend sind acht Patienten um den großen Eßtisch im Gemeinschaftsraum versammelt. Das Abendessen ist schon fast vorbei, es herrscht eine eher gedämpfte Atmosphäre, jeder scheint darauf zu lauern, daß endlich jemand etwas sagt.

Das Ambiente ist sehr gediegen, und man muß schon sehr genau hinsehen, um zu erkennen, daß es sich hier nicht um eine ganz gewöhnliche Abendgesellschaft handelt.

Ein junger Mann mit einem hübschen glatten Babygesicht lächelt unentwegt in die Runde, spricht aber nicht und ißt stillvergnügt vor sich hin.

Zwei weibliche Zwillinge um die fünfzig beobachten die anderen, tuscheln miteinander und essen dabei, ohne auf den Teller zu sehen.

Ein älterer, hagerer Mann mit einem abgezehrten Gesicht und tiefliegenden Augen ißt kaum etwas und registriert alles um sich herum mit aufmerksamen, fast fiebrigen Blicken.

Eine sehr gepflegte Frau um die vierzig von maskenhafter Schönheit sitzt direkt neben Alex und bemüht sich sehr um perfekte Manieren.

Ein stämmiger Mann um die vierzig, rotgesichtig, dem man den Alkoholiker ansieht, ißt mit düsterer Miene und sieht niemand an.

Eine junge Frau, sehr blaß und in sich gekehrt, aber nicht feindselig, ißt erschöpft und mit aufgestelltem Ellenbogen von ihrem Teller und läßt unruhig ihre Augen wandern.

Alex schaut halb amüsiert, halb genervt um sich. „Gibt es wirklich niemand, der etwas zu erzählen hat? Nein? Dann möchte ich, daß ihr alle mit mir anstoßt... auf das Leben, das jedem von uns auf so heimtückische Weise die Nerven zersetzt, den Schlaf raubt und doch das einzige ist, woran wir uns festhalten können...“

Nur das Babyface, der ältere, hagere Mann und die beiden Zwillinge erheben mit Alex stumm die Gläser, trinken einen Schluck.

„...und drücken Sie mir die Daumen, denn ich werde morgen einen kleinen Ausflug machen in die reale Welt, die uns hier - leider oder gottseidank - manchmal etwas abhanden kommt...“

Das Hausmädchen, adrett und frisch, bringt die Nachspeise. Alex hält sie kurz am Arm fest. „Sophie, Sie begleiten mich doch? Ich zähle auf Sie...“

Sophie schüttelt den Kopf, schaut lächelnd in die Runde und macht sich von Alex los.

Die gepflegte Dame starrt Alex entrüstet an. Alex lächelt freundlich zurück. „Oh, Verzeihung... ich weiß, ich hätte Sie natürlich zuerst fragen sollen..."

Alex geht unruhig in seinem nur spärlich erleuchteten Zimmer auf und ab, betrachtet Standfotos von seinen Filmen, die an die Wand gepinnt sind, darunter auch von "Liebestod", streicht mit dem Daumen aggressiv über eine Frau, die offensichtlich Marcia ist, liest eine alte Postkarte von ihr, löst ein Fan-Foto mit ihrer Unterschrift von der Wand, wirft sich rücklings aufs Bett und betrachtet es starr mit ausgestreckten Armen.

Alex erreicht die Bushaltestelle, wo bereits ein paar Frauen, Jugendliche und ältere Männer warten, gerade noch rechtzeitig, setzt sich nach hinten an einen Fensterplatz und beobachtet das Treiben im Bus.

Ein paar Jugendliche treiben Unsinn, rauchen, streiten, jagen sich, hören laut Musik.

Einige Frauen und Männer empören sich darüber und schimpfen leise vor sich.

Eine Frau redet laut und ungeniert über Nachbarn, unverschämte Preise und ihre Familie.

Die meisten Männer, die wie Alex allein an einem Fensterplatz sitzen, starren trübsinnig oder gedankenverloren hinaus und schweigen.

Zwei Mädchen tuscheln miteinander und werfen Alex Blicke zu, die dieser überlegen lächelnd, aber doch geschmeichelt erwidert.

Der Bus fährt durch eine traumhaft schöne Landschaft.

In der Innenstadt steigt Alex aus dem Bus und geht rasch in eine bestimmte Richtung, vorbei an einer riesigen Baugrube und alten, schmalschultrigen Gebäuden, die sich ängstlich vor der Abrißbirne zu ducken scheinen.

Es ist noch früh am Tag und das Café „Mogambo" noch nicht geöffnet, eifrig wird es für den Ansturm der Gäste vorbereitet. Die Einrichtung und das Mobiliar, schon etwas mitgenommen, sind andeutungsweise auf den Film "Mogambo" abgestellt, mit Fotos von Clark Gable, Ava Gardner und Grace Kelly, Wände und Decke in einem warmen, dunkelgelben Farbton gehalten, was dem ganzen Lokal ein geheimnisvolles, abenteuerliches und gleichzeitig intimes Flair verleiht

Alex schlendert gemächlich durch die halboffene Tür herein, nickt Maike, der Bedienung zu, und bleibt stehen.

Charly, der Besitzer, der am Tresen Papiere sortiert, schaut kurz auf und nimmt Alex nur aus den Augenwinkeln wahr.

„Ist noch geschlossen... drüben im Kaufhaus gibt's 'ne Cafeteria...“

„Und wenn ich nun dringend einen *Daiquiri* bräuchte?“

Charly schaut erneut hoch und erkennt erst jetzt Alex. „Alex Leitner! Wo zum Teufel hast du die ganze Zeit gesteckt?“

Alex geht auf den Tresen zu, Charly hebt eine Klappe darin hoch und kommt eilig auf ihn zu, die beiden umarmen sich freundschaftlich.

„Schön, mal wieder hier zu sein... ich fürchtete schon, daß es deinen Laden nicht mehr gibt...“

Charly begibt sich wieder hinter den Tresen und mixt einen Drink. „Na ja, viel hätte nicht gefehlt... denn das Filmvolk säuft und schnupft jetzt im *Crazy Horse*...“

Charly stellt den *Daiquiri* vor Alex hin und faßt ihn etwas näher ins Auge. „Aber was ist mit dir? Du siehst müde aus... du bist doch nicht etwa wegen der Party hier?“

„Party? Welche Party?“

„Delta-Film... feiern irgendeine Nominierung, als hätten sie schon den Preis gewonnen...“ Charly greift hinter sich und überreicht Alex einen Umschlag.

„Hier, du kannst meine Einladung haben... ehrlich gesagt, ich bin froh, daß ich diese Angeber los bin...“

„Angeber... wieso?“

„Ach, Alex... du weißt doch, wie sie hier alle große Töne spuckten und was dabei herauskam... du hast es schon richtig gemacht... wie geht's Marcia? Warum kommt ihr nicht beide mal auf einen Drink vorbei?“

Alex zuckt bei Marcias Name leicht zusammen, behält aber seine Lässigkeit bei. „Ach weißt du, ich bin allein hier... muß ein paar persönliche Dinge erledigen, dann flieg' ich wieder zurück...“

Alex drückt kurz Charlys Arm. „Mach's gut, Charly... und laß dich nicht unterkriegen...“

Alex geht ein paar Schritte auf den Ausgang zu, dreht sich nochmal um. „Ach, ja... was ich dich noch fragen wollte... hast du Frohberg mal gesehen?“

Maike, die sich mittlerweile neben ihren Chef gestellt hat, wechselt mit diesem einen raschen Blick.

„Frohberg? Ich weiß gar nicht, ob der überhaupt noch lebt...“

„Na ja, macht nichts, ich werde ihn schon finden...“

Alex nickt Charly nochmal zu und geht eilig zum Ausgang.

Maike sieht ihm verwundert nach. „Wer war das?" „Das errätst du nie... der Mann von Marcia Hunter..."

„Marcia Hunter? Der Hollywoodstar?"

„Alex drehte mal einen Film mit ihr, als sie noch ein Starlet war... dann machte er den Fehler, sie zu heiraten und ihr nach drüben zu folgen... seither ist es aus mit ihm..."

„Armer Kerl... sieht richtig fertig aus..."

„Nicht mal seinen *Daiquiri* hat er angerührt, und das will bei ihm schon etwas heißen..."

Ein Taxi nähert sich einem länglichen, heruntergekommenen, einstöckigen Bungalow.

Alex zahlt, steigt aus und klingelt am Gartentor.

Nichts rührt sich, Alex stößt das Gatter auf, klingelt an der Haustür, mit demselben Ergebnis.

Alex geht um das Haus herum, wo ihm plötzlich ein Bobtail bellend entgegen springt, ihm dann aber die Hand leckt, als Alex keinerlei Anzeichen von Angst zeigt.

Alex schaut sich im verwahrlosten Garten um, sieht ein nacktes, ineinander verknäultes Paar, das es wie in Zeitlupe in einer Hollywoodschaukel miteinander treibt, und betritt vorsichtig das Haus durch die halboffene Verandatür.

In dem großen Wohnraum sind die Vorhänge zugezogen, sodaß sich die Augen erst an das Zwielicht gewöhnen müssen.

Hier drin sieht es aus, als hätte ein Erdbeben gewütet: Tische, Sessel und Stühle sind umgefallen, Teller, Gläser, Flaschen und Besteck liegen auf dem Boden, daneben Aschenbecher, die ihren Inhalt überallhin verstreut haben.

An den Wänden hängen Filmplakate, und auf allen ist zu lesen: *"...eine Joseph Frohberg Produktion..."*

Vereinzelt brennen noch Stehlampen, und überall liegen nackte und halbnackte Menschen herum, die so tief schlafen, als wären sie alle tot.

Ein Mann, nur mit einer Krawatte bekleidet, gegen den eingeschalteten, ohne Ton laufenden Fernseher gelehnt, öffnet ein Auge, fängt wie in Zeitlupe an zu grinsen und droht Alex mit dem Finger.

Alex steigt über die Verwüstungen hinweg und die Treppe hoch auf das schwache Gelächter zu, das aus dem ersten Stock zu kommen scheint.

Alex geht den Gang entlang und betritt das einzige offene Zimmer.

Auf dem riesigen Bett tummelt sich ein Mann, Joseph Frohberg, mit zwei Frauen, alle nackt, verschwitzt, müde und verkatert, in künstlich aufgedrehter Fröhlichkeit

Die beiden Frauen sind gerade dabei, Frohberg mittels eines Trichters aus Fünfhunderteuroscheinen Champagner in die Kehle zu schütten.

Frohberg wehrt sich in gespielter Panik, und die beiden Frauen kreischen begeistert dazu.

Sobald Frohberg Alex erblick, fällt alle Berauschtheit von ihm ab, er richtet sich auf und stößt die beiden Frauen roh aus dem Bett. „Los, verpißt euch, seht ihr nicht, daß ich Besuch habe?"

Die Blondine tritt nach Frohberg und verfehlt ihn knapp, während die Brünette kraftlos nach ihm spuckt.

„Bist du bescheuert? Wie sprichst du mit uns?"

„Verpiß dich selbst, du Schlappschwanz..."

Frohberg achtet nicht auf die beiden Frauen, ist nicht im geringsten verlegen, wickelt sich ins Leintuch, stopft sich ein Kissen in den Rücken und zieht Alex am Arm auf die Bettkante hinunter. „Alex! Du wirst es mir nicht glauben, aber ich habe gewußt, daß du heute auftauchen würdest... ich freue mich... ich freue mich wirklich..."

„Joseph Frohberg, der alte Feuerkopf... wann hast du zum letzten Mal die Wahrheit gesagt?"

„Das war wohl, als ich auf die Welt kam... und da schrie ich nur vor Angst..."

„Was ist passiert?"

„Willst du's wirklich wissen?"

„Ist es so schlimm?"

Frohberg bietet Alex die halbvolle Champagnerflasche an.

„Nein, danke..."

Frohberg nimmt einen tiefen, zügellosen Schluck
aus der Flasche. „Ich weiß nicht, ob du diesen Jung-
schauspieler noch kanntest... Leander sowieso..."

„Diese kleine Schwuchtel?"

Frohberg ist plötzlich auf hundertachtzig. „Ja, diese kleine Schwuchtel! Der's für einen Sniff mit jedem trieb!"

„Du willst mir doch nicht etwa erzählen..."

Frohberg nimmt einen noch größeren Schluck aus
der Flasche, die Hälfte rinnt sein Kinn hinunter.
„Doch! Genau das! Ich fuhr ihn mal vom Drehen
nach Hause, wir waren allein, und plötzlich merkte
ich, daß ich scharf war auf dieses kleine Arschloch
wie auf niemand sonst in meinem ganzen Leben! Ich,
der größte Frauenschänder aller Zeiten! Ich hab' ihn
noch im Auto gepimpert..."

Alex sieht Frohberg ungläubig an und schüttelt lachend den Kopf. „Ist das alles? Du hast es mit einem
Mann getrieben? Aber das juckt doch niemand mehr
heutzutage..."

Frohberg ist immer noch auf hundertachtzig. „Mich schon! Und ich will nicht, daß es jemand erfährt! Es ist ekelhaft! Und demütigend! Und ich kann nichts dagegen tun!"

„Willst du damit sagen, das weiß niemand außer mir?"

Frohberg wird plötzlich wieder ruhig. „Ja... und so soll es auch bleiben... es wird eh' nicht mehr lange dauern..."

„Was soll denn das nun wieder heißen?"

„Ich habe die Seuche... auch das weiß niemand außer dir... der Scheißkerl hat mich angesteckt, bevor er selber abkratzte..."

Alex legt Frohberg erschrocken eine Hand auf den Arm. „Mein Gott, Joseph..."

„Und weißt du was? Ich glaube, ich habe deine Filme nur produziert, weil ich in dich verknallt war, aber das wußte ich damals noch nicht... von deinen Drehbüchern hab' ich eh' nie was begriffen..."

Frohberg tätschelt Alex anzüglich den Schenkel, und Alex zuckt reflexartig leicht zurück. „Keine Bange, du bist zu alt für mich... so, und jetzt hau ab, bevor ich sentimental werde..."

Alex steht zögernd auf und geht zur Tür, bleibt stehen und wendet sich nochmal an Frohberg. „Ich hab' n' paar gute Ideen... wollen wir's nicht nochmal zusammen versuchen?"

Im selben Augenblick sausen die zwei Frauen nackt und kreischend und beide mit einer roten Baseballmütze auf dem Kopf, die sie mit beiden Händen festhalten, an Alex vorbei, ihn unsanft anrempelnd, stürzen sich auf Frohberg, reißen sich die Mützen vom Kopf und überschütten ihn mit einer Ladung bunter Präservative, die sie darin verborgen hatten.

Frohberg macht sofort mit, ohne Alex noch eines Blickes zu würdigen.

Alex hebt einige der brandroten Packungen mit Präservativen auf, die auf den Boden gefallen sind, stopft sie in seine Jackentasche und wendet sich wortlos ab.

Alex biegt in eine Nebenstraße ein und nähert sich einem Haus, in dem ebenerdig ein kleiner Laden untergebracht ist – *Buchhandlung Helwig*.

Alex bleibt kurz davor stehen und betrachtet die Auslage. Es gibt eine kleine literarische Abteilung mit aktuellen Neuerscheinungen, das meiste aber sind Bücher aus dem esoterischen Bereich.

Alex betritt zögernd den Laden.

Der Laden ist nicht sehr groß, aber hell und übersichtlich gestaltet, ein angenehmes Ambiente.

Einige Kunden stöbern in den Büchern, Alex greift nach einem der neuen Romane, schaut sich dabei suchend nach dem Personal um.

Unvermittelt erklingt eine helle Frauenstimme hinter ihm. „Kann ich Ihnen helfen, Alex?"

Alex dreht sich nach der Stimme um und erblickt eine schmale, elfenhafte junge Frau mit kurzen blonden Haaren, die ihn aus blauen Augen schelmisch anlächelt.

Alex lächelt ratlos zurück. „Wir kennen uns? Wie peinlich... aber ich komme nicht auf Ihren Namen..."

„Nur wenn Sie Hellseher wären – nein, Dieter hat mir viel von Ihnen erzählt und mir all die Bilder gezeigt aus eurer gemeinsamen wilden alten Zeit..."

„Ach, ich verstehe... dann arbeiten Sie also für ihn... hat er diesen Laden schon lange?"

Die junge Frau nimmt eine Pose ein, die nicht ganz ernst gemeinte Empörung ausdrücken soll. „Erstens... ich bin Mona, Dieters Frau - ich sehe jünger aus, als mir manchmal lieb ist... zweitens... vor einem Jahr haben wir den Laden aufgemacht, als unsere Kleine ein Jahr alt war... sonst noch Fragen?"

Alex legt das Buch verlegen wieder auf den Stapel. „Tut mir leid, ich wußte nicht, daß Dieter geheiratet hat... wo ist er jetzt?"

„Oben in der Wohnung... er paßt auf Sina auf..."

Alex will zur Ladentür, Mona hält ihn zurück. „Da hinten die Tür...führt direkt ins Treppenhaus..."

„Danke... dann bis später... wir sehen uns sicher noch..." Alex verschwindet durch die angegebene

Tür, und Mona wendet sich sofort dem nächsten Kunden zu.

Alex kommt die Treppe hoch und klingelt an der Wohnungstür. Dieter Helwig, Ende vierzig, ein hagerer Melancholiker mit ironisch blitzenden Augen, öffnet mit Sina auf dem Arm, seiner kleinen Tochter.

Dieter fallen fast die Augen aus dem Kopf, als er Alex erkennt. „Alex! Bist du's wirklich? Komm rein!"

Dieter zieht Alex energisch in die Wohnung und schließt die Tür. Die Wohnung ist finster und nicht sehr groß, und es herrscht ein ziemliches Durcheinander. „Warst du erst im Laden? Hat dir Mona gesagt, daß ich hier oben bin?"

„Ja... gratuliere... sie sieht unglaublich jung aus und sehr zerbrechlich..."

„Viele halten sie für meine Tochter..." Dieter dreht Sina so herum, daß sie Alex ins Gesicht sehen kann. „Schau, Sina, das ist Alex... mit dem hat dein Papa ganze Nächte durchgemacht..."

Sina sieht verschlafen aus und greift wie in einem Reflex nach Alex' Nase. Alex streichelt Sina leicht befangen kurz über den Kopf. „Na, du?"

„Ich bring' sie nur eben ins Bett, sie schläft ja schon fast... setz dich irgendwo ins Wohnzimmer..."

Alex betritt das Wohnzimmer, das mit alten, abgenützten Möbeln eingerichtet ist, die Regale vollgestopft mit Büchern, und setzt sich erfreut in einen alten Ledersessel, den er wiederzuerkennen scheint.

Dieter kommt zurück, sieht Alex im Ledersessel sitzen und macht sich an einem alten Samowar zu schaffen, der mit dem entsprechenden Zubehör auf einem Tischchen daneben steht. „Du erinnerst dich also... das einzige gute Stück aus meinem alten Leben... in dem hast du gesessen, als ich dich wegen Marcia beschimpfte... daß es ein Fehler sei, alles aufzugeben und ihr in die Staaten zu folgen... jetzt bin ich derjenige, der alles weggeschmissen hat... magst du auch einen Tee? Oder lieber etwas Schärferes?"

„Tee ist okay, danke..."

Dieter drückt Alex eine volle Tasse in die Hand und setzt sich dann bequem auf der Couch zurecht. „Ich trinke nicht mehr, ich rauche nicht mehr, ich schreibe nicht mehr... zumindest keine Drehbücher... ich stehe die Hälfte des Tages im Laden und kümmere mich um meine Familie..."

„Ein erfülltes, ursprüngliches Leben..."

„Mach dich ruhig lustig über mich... als ich Mona kennenlernte, war ich am Ende... du hattest dich nach Hollywood verabschiedet, das Fernsehen wollte nur noch Geschichten wie: *Vergewaltigt - ein Baby für die Satansjünger* und lauter solchen Mist, und das Kino pubertierte wie immer vor sich hin..."

„Aber du hattest doch Pläne, du warst wie im Fieber mit deinen eigenen Stoffen... *Dr. Jekyll and Mr. Hide... Die Abrechnung...* und dein großes Enthüllungsdrama *Der Staatsverbrecher...* du siehst, ich kenne die Titel alle noch auswendig..."

„Ach, Alex, ich hab' doch alles versucht... es gab genau drei Produzenten, die solche Sachen überhaupt lasen... Teichmann hat pleite gemacht, Kanowa ist jetzt bei der Filmförderung, und Frohberg ist total abgestürzt... keiner weiß, warum..."

„Ja, ich hab' ihn heut' vormittag besucht..."

Dieter starrt Alex düster an. „Irgendwie komme ich mir plötzlich vor wie im falschen Film... ich weiß gar nicht, warum ich mich auf einmal vor dir rechtfertige..."

„Vielleicht, weil du in deinem neuen Leben doch noch nicht so verankert bist, wie du glaubst... vielleicht, weil da noch irgendwo ein Funke glüht..."

„Hör auf, Alex, du willst mir doch nur sagen, daß du mich verachtest, weil ich aufgegeben habe, stimmt's? Dabei bist du derjenige, der abgehauen ist! Du bist der Nagelprobe ausgewichen! Gerade mal zwei Filme hatten wir zusammen gemacht, und mit dem dritten hätten wir den Durchbruch geschafft... aber nein, du mußtest ja unbedingt dein US-Starlet heiraten und von einer Hollywood-Karriere träumen!"

Alex springt auf und stellt sich wütend vor Dieter hin. „Sag, mal, Dieter, hast du sie nicht mehr alle? Ich war in Marcia verknallt und sie in mich, das weißt du doch genau!"

„Mag sein, aber damals sah es anders aus... du hast sie herumgezeigt wie eine Trophäe und damit angegeben, wie scharf sie auf dich sei..."

„Ich traue meinen Ohren nicht... kann es sein, daß du einfach nur neidisch bist?"

„Ich bitte dich, Alex! Neidisch auf was? Daß Marcia Erfolg hat und du nicht? Daß du in einem schwarzen Loch verschwunden bist und keiner mehr etwas von dir hörte?"

„Glaub mir, Dieter... ich hab' nicht einfach nur dagesessen und das Geld gezählt, das Marcia verdiente... ich habe um meine Chance gekämpft..."

Alex setzt sich wieder hin.

„Mein Gott, Alex... ich glaub's dir... aber genau das ist es, was mich krank macht... dieses eitle, sinnlose Buhlen um Anerkennung... dagegen erfüllt es mich mit tiefer Dankbarkeit und einem Gefühl des Friedens, wenn ich nachts Mona in den Armen halte, oder Sina füttere und spüre, wie sie mit allen ihren Sinnen am Leben hängt..."

Alex steht abrupt auf.

„Ich glaube, ich gehe jetzt besser..."

„Bleib doch zum Essen, Alex... wir haben uns doch so lange nicht gesehen...“

Es ist ein schöner, sonniger Tag geworden, den man auch in der Stadt spürt. Alex setzt sich in ein Straßencafé. Die Bedienung steht sofort an seinem Tisch.

„Einen Kaffee und ein Schinkensandwich, bitte...“

„Sofort...“

Alex angelt eine Zeitung vom Nebentisch und schlägt sie auf.

Von vorne schleicht sich eine Frau an, dunkel, üppig, Mitte dreißig, und reißt Alex plötzlich die Zeitung aus den Händen. „Und die Bibel hat doch recht... Alex ist wiederauferstanden...“

Alex sieht verdutzt hoch, dann erkennt er die Frau. „Tanja... das ist aber eine Überraschung... komm, setz dich zu mir... du siehst umwerfend aus...“

Tanja setzt sich ohne alle Umstände neben Alex, faßt ihn feierlich an beiden Händen und sieht ihm wie hypnotisierend ins Gesicht. „Laß dich anschauen: Die Wangen sind ein wenig hagerer geworden, und die Augen etwas ernster... aber dein Blick ruht wie immer auf meinem Dekolleté...“

Tanja stößt lachend Alex' Hände von sich und lehnt sich fröhlich zurück. „Ach, Alex, daß es dich noch gibt! Du ahnst gar nicht, wie gut es tut, mal wieder ein frisches Gesicht zu sehen!"

Die Bedienung stellt Kaffee und Sandwich vor Alex hin und sieht Tanja abwartend an. „Ja, was will ich denn?" Tanja blickt Alex stirnrunzelnd an. „Ich glaube, ich will dich..." Dann lachend zur Bedienung. „Ich weiß es noch nicht..."

Die Bedienung verschwindet.

„Jetzt hab' ich's! Wir fahren zusammen zu meinem Landsitz, braten uns eine Forelle und trinken eine Flasche Wein... wie hört sich das an?"

Alex nippt an seinem Kaffee. „Du hast eine Wohnung auf dem Land?"

„Warum nicht? Ich habe eine echte Gräfin kennengelernt und sie offenbar so beeindruckt, daß sie mir einen Flügel ihres Schlosses überlassen hat..."

„Mitsamt ihrem Gatten, nehme ich an..." „Na ja, ehrlich gesagt ist es nur ein winziges Gartenhäuschen, aber es steht direkt am See..."

„Klingt doch phantastisch... worauf warten wir noch?"

Eine traumhaft schöne Seelandschaft, in der nichts Unruhiges den Blick ablenkt. Tanjas kleiner Flitzer nähert sich der weiten Umfassungsmauer des Schlosses, fährt langsam daran entlang und hält vor einem Seitenportal. Alex sieht Tanja fragend an,

Tanja steigt mit einem schelmischen Lächeln aus, öffnet das Portal mit einem Schlüssel, steigt wieder ein, fährt hindurch, gibt Alex den Schlüssel, der das Portal wieder absperrt und sich neben Tanja setzt.

Alex sieht Tanja mit bewundernder Anerkennung an. Tanja fährt im Schrittempo weiter. „Du hast mir nicht geglaubt..."

„Das klang ja auch reichlich phantastisch..."

Tanja fährt um das Schloß herum auf ein kleines weißes Gartenhäuschen zu, das unweit des Seeufers steht, hält daneben an.

Tanja und Alex steigen aus. „Weißt du was? Schau dich doch einfach ein bißchen um... da drin ist ein Saustall, und ich möchte, daß du meinen Garten Eden unbefleckt erblickst..."

Tanja drückt Alex einen flüchtigen Kuß auf die Wange und verschwindet mit Einkaufstüten im Gartenhäuschen.

Alex schaut sich um, atmet tief ein und schlendert langsam näher zum See.

Das Gartenhäuschen hat dünne Wände und besteht nur aus einem Raum, in den man später ein Bad und eine kleine Küchenzeile eingebaut hat. In einer Ecke steht ein großes bequemes Bett, in einer anderen ein Schreibtisch mit Computer, Telefon, Fax und sonstigen Bürogeräten. Viele Bücher stehen eng in den Regalen, die beiden Flügeltüren zum See stehen offen, direkt davor steht ein zusammenklappbarer Eßtisch, der schon festlich gedeckt ist, auf dem Herd brutzeln die beiden Forellen.

Tanja steht zwischen den Flügeltüren, sieht in einiger Entfernung Alex auf sich zukommen und spricht angestrengt und mit umwölkter Stirn in ihr Handy. „...dann schick doch Beate an diese Pressekonferenz... ich hab' dir doch gesagt, mein Auto springt nicht an... nein, nicht vor zwei Stunden!... Ach fick dich doch ins Knie, du Armleuchter...“

Tanja unterbricht die Verbindung, Alex ist jetzt schon auf Hörweite herangekommen. „Hast du Ärger? Mußt du in die Stadt zurück?“

„Ach was... irgendein Schauspieler hat den Premiere-Termin verwechselt... jetzt sitzt er im Hotel und besäuft sich...“

Alex sieht sich mit großen Augen in der kleinen Idylle um. „Ganz entzückend... ein echtes Juwel...“

„Gefällt es dir wirklich?“

„Hör mal.. das ist unbezahlbar...“

„Aber leider nur im Sommer...“ Tanja ist ein bißchen gerührt, nimmt Alex beim Arm und führt ihn zum Tisch. „Komm, laß uns essen, die Forellen sind fertig...“

Alex nimmt die Weinflasche aus dem Kühler und betrachtet das Etikett, als Tanja mit den Forellen und einem Korb mit frisch aufgeschnittenem Weißbrot zurück kommt. „Ein Sauvignon aus dem Collio... mein Lieblingsweißwein..."

Tanja lächelt verstohlen und verteilt den Salat, während Alex die Flasche öffnet und einschenkt. Alex und Tanja stoßen mit ihren Gläsern an.

„Auf dein Wohl, Alex..."

„Auf dein Wohl, Tanja... ich wußte gar nicht, daß du so gut kochen kannst..."

Alex ißt mit Appetit, Tanja ist offensichtlich nicht so recht bei der Sache. Alex sieht Tanja fragend an. „Ist was?"

„Ach weißt du, Alex, immer öfter, wenn ich von einer dieser öden Promotion-Touren für einen dieser schrecklichen Filme zurückkomme, frustriert bis zu den Haarspitzen von dem ewiggleichen Geschwätz, verkrieche ich mich hier draußen in meinen Palast und rühre mich nicht mehr vom Fleck..."

„Das hört sich nicht gerade euphorisch an..."

„Halb so wild... aber es gibt so wenige Leute, die wirklich etwas draufhaben, und die waren doch der Grund, warum ich das alles mache..."

Alex und Tanja lächeln und prosten sich zu, Tanja etwas hintergründig. „Hast du die Absicht, länger zu bleiben? Bereitest du etwas vor?"

Alex wird nachdenklich, läßt sich Zeit. „Marcia will sich scheiden lassen, und ich glaube, ich liebe sie immer noch..."

„Du glaubst?"

„Ich weiß nicht, ob ich einfach nicht loslassen kann, weil ich die Kränkung nicht ertrage, oder ob mich wirklich noch etwas mit ihr verbindet... außerdem hat mir weibliche Schönheit schon immer den Verstand vernebelt..."

Tanja schielt unauffällig forschend zu Alex hinüber. „Wenn wir mit dem Essen fertig sind, fahren wir mit dem Ruderboot auf den See..."

Alex tätschelt Tanjas Hand. „Du bist ein Schatz, Tanja..."

Es ist noch immer ein Tag, von dem man sich wünscht, daß er nie vergeht.

Das Ruderboot mit Tanja und Alex schaukelt friedlich weit draußen auf dem See, von wo aus das Schloß am Ufer noch märchenhafter erscheint als aus der Nähe.

Alex, nur mit einer alten Badehose bekleidet, liegt zwischen den beiden Ruderbänken rücklings auf den Planken und scheint zu schlafen, Tanja hat ihre schwellenden Formen in einen Bikini gezwängt, sitzt auf einer der Ruderbänke, die Ruder bewegungslos im Wasser, und ist in die sinnende Betrachtung von Alex versunken.

Leise gleitet Tanja von der Ruderbank herunter und setzt sich sachte rittlings auf Alex' Schenkel, beginnt ihn zart und geduldig zu massieren. Alex atmet seufzend auf, bewegt den Kopf zur Seite, hält aber die Augen geschlossen. Tanjas Griff wird intensiver, schließlich streift sie Alex die Badehose herunter, legt ihren Bikini ab und setzt sich leise aufstöhnend auf ihn, bewegt sich erst sanft auf und ab, dann werden ihre Bewegungen wilder, ihre Hände sind in Alex' Brusthaare verkrallt. Alex fängt an zu stöhnen und hält Tanja fest, Tanja schreit plötzlich auf und läßt sich wie tot vornüber fallen. Nach einer Weile kommt Leben in Alex, er küßt Tanja flüchtig auf den Mund. „Komm, laß uns ins Wasser gehen..." Alex läßt sich nackt ins Wasser gleiten, Tanja folgt ihm nach.

Von den beiden unbeachtet, hat schon seit längerer Zeit eine auffällige Motoryacht das Ruderboot umkreist und kommt jetzt in gewagten Schwüngen näher. Das Ruderboot schaukelt gefährlich und kippt um. Alex und Tanja halten sich mühsam über Wasser, schreien dem Motorboot etwas zu und versuchen das Ruderboot umzudrehen, doch vergeblich.

Die Motoryacht kommt jetzt langsam auf sie zu und dreht vorsichtig bei. Über der Reling zeigen sich die Gesichter von zwei jungen Burschen, die Alex und Tanja an Seilen festgemachte Rettungsringe zuwerfen und sie an Bord ziehen.

Alex versucht Tanja mit seinem Körper abzuschirmen. „Sagt mal, seid ihr komplett übergeschnappt? Was soll dieser Zirkus?"

Aus der Kabine kommt eine Frau in einem winzigen Bikini auf sie zu, die fünfunddreißig, aber auch fünfzig sein könnte, schlank, zart, feminin, mit roter Löwenmähne und glatter, weißer, fast durchscheinender Haut und großen, verschatteten, veilchenblauen Augen, wie sich zeigt, als sie die Sonnenbrille absetzt. In der Hand trägt sie einen riesigen Feldstecher. „Alex! Hab' ich mich also doch nicht getäuscht! Kaum bist du im Lande, bringst du gleich eine Frau in Schwierigkeiten... wer ist deine attraktive Freundin?"

„Ach Nadja... die Langeweile hat dich also jetzt zur Spannerin gemacht... das ist Tanja, sie hat meine ersten Filme betreut... Nadja Slimani, die reichste Frau der Welt..."

„Tut mir leid, das mit dem Boot... das bring' ich natürlich in Ordnung... Was ist? Wollt ihr mir nicht Gesellschaft leisten?"

Nadja sieht von Alex zu Tanja und reißt plötzlich in geheuchelter Bestürzung die Augen auf, als werde ihr erst jetzt bewußt, daß beide völlig nackt sind. „Oh, Verzeihung, wie gedankenlos von mir... ihr seid ja splitternackt..."

Nadja schnippt mit dem Finger, und einer der Burschen wirft Alex und Tanja ein Badetuch zu. Tanja wickelt sich eng in ihr Badetuch, als ob sie friere, sie spürt, daß Alex ihr entgleitet. „Ich muß leider wieder in die Stadt zurück..."

Alex wendet sich an Nadja. „Ich finde, du solltest dich um Tanjas Boot kümmern..."

„Okay, Jungs, habt ihr gehört?"

Alex steht vor dem Gartenhäuschen und scheint auf etwas zu warten. Das Ruderboot ist auf den Kies hochgezogen, und am Ufer schaukelt ein kleines flaches Motorboot, das zu Nadjas Motoryacht gehört, die etwas weiter draußen im tieferen Wasser dümpelt. Einer von Nadjas Burschen kauert auf dem Motorboot und spielt mit der Ankerleine.

Tanja kommt angezogen aus dem Gartenhäuschen, schließt ab und wendet sich an Alex. „Also? Was ist? Fährst du mit mir zurück?"

„Sei mir nicht böse, aber ich glaube, ich bleibe noch eine Weile hier..."

Tanjas Blick irrt kurz zur Motoryacht hinüber, wo man unschwer Nadjas Silhouette hinter ihrem Feldstecher ausmachen kann, und sie versucht tapfer zu lächeln. „Das war mein schönster Tag hier draußen... paß gut auf dich auf..." Tanja küßt Alex intensiv auf den Mund und steigt eilig in ihr Auto. Alex legt eine

Hand aufs Autodach und lächelt Tanja unsicher zu. „Wir sehen uns auf der Party, ja?"

Alex wartet, bis Tanja weggefahren ist, dann geht er langsam auf das kleine Motorboot am Ufer zu.

Nadja beobachtet befriedigt das Ende der Szene und setzt den Feldstecher ab, ihre weitoffenen Augen glänzen in großer, kaum unterdrückter Erregung.

Alex klettert an Bord der Motoryacht, wird von Nadja schon erwartet und an der Hand wortlos nach vorne auf das Sonnendeck geführt. Der zweite Bursche klettert an Bord, und die Yacht hält mit aufheulendem Motor mitten auf den See hinaus.

Nadjas moderner Luxusbungalow schmiegt sich unauffällig an den Südhang oberhalb des Sees und ist bei näherer Betrachtung ein Wunderwerk an großzügiger, lichtdurchfluteter Glasarchitektur.

Nadja und Alex räkeln sich auf bequemen Liegestühlen auf der Terrasse, die von der ohnehin weit entfernten Nachbarschaft nicht eingesehen werden kann und einen herrlichen Blick auf den See und die am Bootssteg schaukelnde Motoryacht freigibt.

Zwei junge, gutaussehende Bedienstete in leichten Phantasiegewändern gleiten diskret und schweigsam herbei, stellen exotische Drinks neben Nadja und Alex und verschwinden lautlos.

Alex wendet sich spöttisch an Nadja. „Und was sagt dein Mann zu all diesen Don Juans? Das letzte Mal, als ich dich besuchte, sausten hier noch junge Philippininnen herum..."

„Moussa? Weißt du das nicht? Er starb in meinen Armen... hundert Kilo Lebendgewicht, goldbehängt, behaart wie ein Affe und ein Schwanz so scharf wie eine Chili-Schote, aber leider auch so klein..."

„Klingt ganz nach einer erfüllten Ehe..."

„Du wirst lachen, aber Moussa hat meine Seele berührt... als Geschäftsmann hat er gelogen und betrogen, wo er nur konnte, aber mir gegenüber war er wie ein Kind... er tat alles, um mich bei Laune zu halten, und er hat geweint, wenn ich ihn schlecht behandelte... ich habe Moussa nicht nur aus Berechnung geheiratet..."

„Aber leben läßt sich's leichter ohne ihn..."

Nadja läßt sich Zeit mit ihrer Antwort. „Ich weiß, daß mich alle für kalt und berechnend halten, aber das ist nur der äußere Schein..."

„Immerhin ein wunderschöner Schein..."

„Als wir einmal Moussas Mutter besuchten in ihrem kleinen libanesischen Dorf, da spürte ich plötzlich mit voller Wucht, daß es noch ein anderes Leben gibt... acht Kinder hat sie großgezogen und dabei nie an sich selbst gedacht... sie sieht sich einfach nur als Glied in der Kette der Generationen - Hauptsache, die Gemeinschaft überlebt..."

„...dann reichte Eva ihrem Adam den Apfel, und der Kampf jeder gegen jeden begann..."

Nadja blinzelt lächelnd und verzeihend zu Alex hinüber. „Du gefällst dir in der Pose des Zynikers, mein Lieber, dabei ist dein Herz voll sehnsüchtiger Erwartung, und dein verdorrtes Seelchen zittert vor Angst..."

Alex schaut in echter Verwunderung zu Nadja hinüber, die ihn in ihrer zeitlosen Schönheit aus dunkel schimmernden Augen unergründlich fixiert.

Nadja steht plötzlich auf und streckt Alex ihre Hand hin. „Komm, Alex, laß uns diesen Tag genießen..."

Ein Hubschrauber sirrt durch die Luft und landet auf dem mit gelben Streifen markierten Flachdach des Bungalows. Nadja und Alex steigen in die Kabine, der Hubschrauber hebt wieder ab.

Während des Flugs sprechen Nadja und Alex kein Wort, der Pilot kümmert sich nur um seine Instrumente. Nadja und Alex schauen hinaus, genießen den phantastischen Rundblick und lächeln sich von Zeit zu Zeit zu.

Nadja setzt sich und Alex Kopfhörer auf und schaltet orientalische Musik ein, die diesen Flug zu einem rauschhaften Erlebnis steigert.

Der Hubschrauber landet auf einer einsamen Gebirgswiese. In einiger Entfernung sieht man ein umzäuntes Haus, zu dem von unten, in engen Serpentinen, ein schmaler Pfad führt, gerade breit genug für ein Auto.

Alex und Nadja steigen aus, Nadja trägt eine Tasche in der Hand und geht eilig auf einen Platz zu, der mit seinen Felsbrocken wie ein von der Natur errichteter Picknickplatz für Riesen aussieht.

Nadja und Alex legen sich auf die Felsbrocken und nehmen den gewaltigen Rundblick in sich auf. Nadja öffnet die Tasche und holt eine Flasche Champagner und zwei Kristallgläser heraus, öffnet die Flasche, schenkt ein.

Alex und Nadja stoßen zusammen an, lassen die Gläser klingen, trinken einen ersten Schluck.

Alex lächelt Nadja mit mildem Staunen zu. „Bin mal gespannt, welche Überraschungen du noch auf Lager hast... ich war noch nie auf dem Mond...“

Nadja starrt in die Weite des Himmels. „Ich würde alles tun, damit du dich in mich verliebst... ich möchte, daß du für immer bei mir bleibst...“

Alex fährt Nadja zart übers Haar und schaut ihr tief in die Augen. „Ich bin doch kein Schoßhündchen, Nadja, das jeden liebt, der es füttert und pflegt... du würdest dich sehr schnell langweilen mit mir...“

Weit unten tritt plötzlich ein Mann aus dem Haus, fast nur als Punkt wahrnehmbar, der sich rasch nähert, gefolgt von vier jaulenden Hunden. Die Hunde sehen bullig und gefährlich aus.

Alex reckt seinen Hals. „Wer ist das? Wer wohnt in diesem Haus?"

„Irgendein verrückter Psychiater... bitte, Alex, laß uns gehen... ich habe Angst vor Hunden..."

Der Mann ist inzwischen mit seinen vier Hunden, alles Rottweiler, bis auf Hörweite heran gekommen.

„Verrückt? Warum? Hält er sich für den Messias?"

„Ja, so ähnlich... er will die Menschheit retten, indem er sie in ihren Naturzustand zurückversetzt..."

„Klingt interessant... ich möchte ihn gerne kennenlernen..."

„Ich will zurück... bitte, Alex, laß mich jetzt nicht allein..."

„Ach Nadja... wir sehen uns doch auf dem Fest heute abend..."

Der Mann, um die sechzig, groß, hager, mit blitzenden Augen, ist jetzt bei Alex und Nadja angekommen, die vier Hunde laufen knurrend um sie herum. „Ich bin Dr. Carsten Nettelbeck... mir gehört das Haus da unten... darf ich Sie fragen, was Sie hier machen?"

Nadja hat ängstlich die Schultern hochgezogen und folgt argwöhnisch jeder Bewegung der Hunde. „Einen Dreck dürfen Sie!" Nadja faßt Alex am Arm. „Sag ihm, er soll seine Hunde zurückhalten..."

Dr. Nettelbeck lächelt unbeeindruckt. „Keine Bange, die tun Ihnen nichts..."

Nadja steht unwillig auf, packt ihre Sachen zusammen, geht los und steigt rasch in den Hubschrauber, hält demonstrativ die Kabinentür für Alex offen.

Dr. Nettelbeck wendet sich an Alex. „Tut mir leid, ich wollte Sie nicht erschrecken, aber es kommt viel Gesindel hier herauf..." Dr. Nettelbeck deutet mit dem Kinn zum Hubschrauber. „Lassen Sie sich von mir nicht aufhalten..."

„Nein, nein, ist schon okay... ehrlich gesagt, würde ich gerne wissen, was Sie hier oben treiben... Sie sind Psychiater, wie ich hörte..."

Dr. Nettelbeck, der sich schon wieder abgewendet hat, sieht Alex überrascht an. „Sind Sie Journalist oder sowas?"

„Mein Name ist Alex Leitner... nein, es ist reiner Zufall, daß ich hier bin..."

Dr. Nettelbeck mustert Alex mit seinen wachen Augen, dann macht er ihm ein Zeichen, ihm zu folgen. „Also gut... ich bin für jeden Menschen dankbar, der sich für meine Forschungen interessiert..."

Alex winkt Nadja zu und folgt Dr. Nettelbeck nach unten.

Nadja schmettert die Kabinentür zu, im selben Augenblick startet der Hubschrauber. Nadja sieht, wie die beiden Männer und die vier Hunde immer kleiner werden. Nadja schluchzt kurz und heftig auf, nimmt sich zusammen und wirkt dann wie versteinert.

Die umgebaute Alphütte ist von einem hohen Zaun mit nach außen gebogenen Eisenzähnen geschützt. Neben dem Haus befindet sich ein großer, komfortabler Hundezwinger, auf der anderen Seite ein Parkplatz, auf dem neben den üblichen Mittelklasseautos auch ein paar teure Limousinen stehen.

Dr. Nettelbeck schließt das Gittertor auf und führt Alex ins Haus. „Kommen Sie, treten Sie ein...“

Die vier Hunde, die trotz ihrer bulligen Gestalt ganz friedlich wirken, verlaufen sich hinter dem Haus.

Ebenerdig erstreckt sich ein großer, mit bequemen Möbeln eingerichteter Wohnraum mit einem Eßtisch, an dem gut zehn Personen Platz finden, dahinter erstreckt sich eine chromblitzende Küche. Im oberen Stockwerk sieht man auf beiden Seiten der Treppe Türen, die zu einzelnen Schlafzimmern führen.

Dr. Nettelbeck macht eine raumgreifende Geste. „Das ist mein Refugium... glauben Sie an Gott?"

„Nein, ich würde mich als Agnostiker bezeichnen..."

Dr. Nettelbeck lacht ein offenes, sympathisches Lachen. „Ich verstehe... Sie sind vorsichtig... vielleicht gibt es ihn ja doch, dann haben Sie ihn wenigstens nicht verleugnet, wenn Sie einmal vor ihm stehen..."

Auch Alex muß lachen. „Ja, so ungefähr..."

Dr. Nettelbeck geht auf eine Tür zu, die zum Keller führt, dreht sich nach Alex um und wird plötzlich ernst. „Hören Sie, Sie werden gleich etwas zu sehen bekommen, was Sie bestimmt erschrecken wird... geraten Sie nicht in Panik und ziehen Sie keine voreiligen Schlüsse ... ich bin weder Dr. Mabuse noch Dr. Frankenstein..."

Alex schüttelt lächelnd den Kopf. „Sie machen mich wirklich neugierig..."

Dr. Nettelbeck öffnet die Tür und bedeutet Alex, ihm zu folgen.

Alex und Dr. Nettelbeck gelangen in ein erst vor kurzem ausgehobenes, weißgekacheltes Kellergeschoß, das sich über den gesamten Grundriß erstreckt. Bläuliches Zwielicht herrscht hier unten, und was sofort ins Auge fällt, weil es fast die Hälfte des Raums einnimmt, ist ein riesiger, rundum verglaster Wassertank, in dem scheinbar leblos etwa fünf nackte, menschliche Körper beiderlei Geschlechts schwimmen. Über ihre Münder und Nasen sind eine Art Atemmasken gestülpt, die Kabelverbindungen nach außen haben und an denen in regelmäßigen Abständen ein rotes Blinklicht aufleuchtet. Ab und zu zuckt eine Hand oder ein Fuß, und dann gleitet der Körper ein Stück voran oder dreht sich langsam um die eigene Achse. Hinter einem Glasverschlag an einer der Längsseiten des Tanks sieht man die bleichen Gesichter eines Mannes und einer Frau, die angespannt vor einem mit Knöpfen und Digitalanzeigen vollgestopften Steuerpult sitzen.

Dr. Nettelbeck zieht Alex, der fassungslos auf diese surreale Szenerie starrt, leicht am Arm und führt ihn zu zwei Sesseln, die neben dem Glasfenster der Steueranlage stehen. „Was Sie hier sehen, ist der Versuch, dem Menschen wieder zu seiner ursprünglichen Selbstbescheidung zu verhelfen, die ihm eigen war, bevor er von den Bäumen herab stieg, sich zum Weltenherrscher aufschwang und anfing, mittels seiner technischen Fertigkeiten die Erde zu verwüsten..."

„Verstehe ich Sie richtig, Sie wollen den Menschen in ein... Amphibienwesen zurückverwandeln?"

„Nein, keineswegs... als der Mensch seinerzeit als einziges Lebewesen ein Bewußtsein entwickelte und mit ehrfürchtigem Staunen um sich blickte, muß er in Panik geraten sein, denn sein neuerwachter Verstand brauchte plötzlich eine Erklärung für all die wundersamen Dinge, die er wahrnahm, aber auch für die erschütternde Erkenntnis, daß es so etwas gibt wie den Tod...“

„...und er nahm an, daß irgendjemand diese wundersamen Dinge erschaffen hatte, erfand Gott und schuf ihn in seiner Einfalt nach seinem Ebenbild...“

Dr. Nettelbeck starrt Alex verblüfft an. „Ja, so in etwa... doch irgendwann kam der Mensch dahinter, daß es Gott nicht gibt, sondern nur die rätselhaften Gesetze der Natur, für die nur das Überleben der Gattung wichtig ist und nicht das einzelne Individuum, und in seiner eitlen, bodenlosen Selbstüberhebung schwang er sich selbst zum Schöpfer auf und pfuschte der Natur ins Handwerk, weil er die Vorstellung seiner Nichtigkeit und seiner Vergänglichkeit nicht ertragen konnte...“

„...bis Dr. Nettelbeck kam, diese Selbstüberschätzung als grandiosen Irrweg enttarnte und die Menschen wieder auf die Bäume zurücktrieb...“

Dr. Nettelbeck mustert Alex mit einem säuerlichen Blick. „Ganz und gar nicht... im Gegensatz zu vielen falschen Propheten möchte ich nicht in die Steinzeit zurück... die menschliche Intelligenz ist viel zu kostbar, als daß man sie einfach eliminieren dürfte... sie wird nur falsch genutzt...“

„Und was passiert mit diesen Menschen hier?“

„Das Wasser in diesem Tank ist extrem mit Sauerstoff angereichert... ich habe die Patienten in einen künstlichen Tiefschlaf versetzt, sodaß sie sehr wenig Sauerstoff benötigen... sie atmen etwa einmal ein und aus pro Minute... dem Zustand vergleichbar, als sich noch alles Leben im Meer abspielte..."

„Was erwarten Sie von einer solchen Regression?"

„Daß sich die erworbene Intelligenz mit dem atavistischen Vorwissen verbindet, das ich auf diese Weise zu aktivieren versuche..."

„Sie wollen also doch einen neuen Menschen erschaffen..."

„Falsch... keinen neuen Menschen... aber ich glaube fest daran, daß man Kreativität, individuelles Denken und Fühlen und sozial verantwortliches Handeln miteinander verschmelzen kann..."

„Ist das nicht die Quadratur des Kreises?"

Dr. Nettelbeck antwortet nicht, starrt versonnen auf den Wassertank, wo ein weiblicher Körper in Bewegung gerät, langsam an die Oberfläche schwebt und an einer Art Landeplatz andockt, ohne selber die Gliedmaßen zu rühren.

Dr. Nettelbeck kommt langsam wieder zu sich und reibt sich die Augen. „Die Patientin, die eben aufgetaucht ist, wird in einer halben Stunde wach sein... sie nimmt Sie bestimmt mit ins Tal hinunter..."

Alex Leitner kommt mit Pola Stein aus der Haustür, folgt ihr zum Parkplatz, wo sie in ein teures Coupé einsteigt, und nimmt neben ihr auf dem Beifahrersitz Platz.

Pola Stein ist eine feinnervige, gepflegte Frau um die fünfzig, mit einem ausgeprägten, feingeschnittenen Gesicht, die bei aller Eleganz und Klasse ein Hauch von Traurigkeit umweht. Das Lenkrad umklammert sie wie einen Rettungsring und fährt sehr defensiv die Serpentinen hinunter.

„Das ist wirklich sehr nett, daß Sie mich mitnehmen... es würde mich wahnsinnig interessieren, wie das ist im Wassertank... aber vielleicht wollen Sie lieber Ihre Ruhe haben?"

Pola Stein lächelt nervös, konzentriert sich aufs Fahren. „Wissen Sie, was die Zahl 666 bedeutet?"

„Ich glaube, es hat etwas mit der Apokalypse zu tun..."

„Ja, es ist der Zahlenwert des Tieres, das aus der Erde aufsteigt, der falsche Prophet... in einem Wort: der Antichrist... der Zahlenwert meines Namens mal sechs gerechnet, ergibt 666..."

Alex sieht Pola fragend an. „Ach, und deshalb fühlen Sie sich gezeichnet?"

Pola lacht wieder ihr nervöses Lachen und weicht hektisch einem Felsbrocken aus. „Ja, ich spüre es mein ganzes Leben lang... allen Menschen, mit denen ich in nähere Berührung kam, habe ich Unglück gebracht... es ist so, als würde ich das Unheil förmlich anziehen..."

„Und was geschieht mit Ihnen im Wassertank?"

„Ich spüre, wie ich ruhiger werde, wie allmählich meine Furcht schwindet, ein Monster zu sein..."

„Kennen Sie die Theorie von Dr. Nettelbeck?"

Wieder das nervöse Lächeln von Pola. „Dr. Nettelbeck ist ein wunderbarer Mensch, der sein letztes Hemd opfern würde, um jemandem zu helfen... aber er würde sich umbringen, wenn er wüßte, daß niemand an seine Theorie glaubt..."

Eine Weile herrscht Schweigen, Pola steuert ruhig den Wagen. „Würden Sie mit mir noch irgendwo einen Kaffee trinken? Ich brauche hinterher immer sehr lange, bis ich mich wieder in der Wirklichkeit zurechtfinde..."

„Aber gerne..."

Am anderen Ufer des Sees, gegenüber von dem Schloß und Tanjas Gartenhaus, liegt das Café, das um diese Zeit kaum besucht ist.

Alex und Pola räkeln sich bequem auf Stühlen und genießen die Sonne.

„...daß ich vor zehn Jahren das Glück hatte, meinen jetzigen Mann kennenzulernen und mit ihm zwei Kinder zu bekommen, als es schon fast zu spät war,

73

dafür bin ich jeden Tag aufs neue dankbar - aber mit jedem Tag wächst auch die Furcht, es könnte der letzte sein..."

„Deshalb diese Wassertank-Therapie..."

Polas Coupé biegt in die Straße ein, wo ihr Bungalow steht, und schon von weitem sieht man dort eine Ansammlung von Schaulustigen, die Ambulanz und ein Polizeiwagen stehen vor dem Eingang.

Von Pola fällt sofort jegliche mühsam erworbene Gelassenheit ab, ihr Zustand nähert sich kontinuierlich der Hysterie. „Mein Gott, nein! Ich dachte, das hätte ich hinter mir! Bitte, bitte, mach, daß das nichts zu bedeuten hat! Ich will nicht! Ich kann da jetzt nicht hin!" Pola nimmt einfach den Fuß vom Gas, das Auto fährt gegen den Bordstein, der Motor stirbt ab.

Alex steigt rasch aus, geht um das Auto herum und faßt Pola sanft bei den Händen. „Kommen Sie, rutschen Sie rüber... ich fahre das letzte Stück..."

Pola läßt sich auf den Beifahrersitz ziehen, Alex setzt sich ans Steuer und fährt bis kurz vor die Absperrung.

Pola hat die Hände vors Gesicht geschlagen und wird von einem stummen Weinkrampf geschüttelt.

Ein Polizist tritt ihnen entgegen. „Sie können hier nicht halten, bitte fahren Sie weiter..."

Alex beugt sich aus dem Fenster. „Ich habe Frau Stein hier im Auto... was ist denn passiert?"

Der Polizist wird plötzlich ganz förmlich. „Okay, lassen Sie das Auto hier stehen und folgen Sie mir..."

Alex steigt aus, hilft Pola aus dem Auto und begleitet sie zur Haustür. Pola stützt sich schwer auf Alex.

„Bitte, beruhigen Sie sich... das muß alles nichts zu bedeuten haben..."

Der Beamte, der dort Posten steht, vertritt ihnen den Weg. Der Polizist, der sie begleitet, nickt ihm kurz zu. „Schon gut, das ist Frau Stein..."

Pola, die bisher ihr Gesicht bedeckt hielt, schaut plötzlich hoch und steigert sich weiter in ihre Hysterie. „Was ist los? Warum sagt denn niemand etwas?"

Alex schiebt Pola sachte ins Haus. „Kommen Sie, Sie werden sicher gleich alles erfahren..."

Im Inneren des Bungalows rennen Leute von der Spurensicherung durcheinander, ein schwergewichtiger Polizist in Zivil, Hauptkommissar Karl Becker, kommt Pola und Alex rasch entgegen, als ob er verhindern wollte, daß sie weiter ins Haus vordringen, wendet sich hastig an Pola. „Frau Stein? Hauptkommissar Becker... bitte kommen Sie mit mir ins Wohnzimmer..."

„Sagen Sie mir doch endlich, was passiert ist, ich halte es nicht mehr aus!"

"Kommen Sie, kommen Sie..." Becker ergreift Pola Stein mit sanftem Druck am Arm und führt sie ins Wohnzimmer, läßt Alex einfach stehen.

Alex geht gemächlich weiter durchs Haus, wird neugierig gemustert, aber nicht weiter kontrolliert.

Ebenerdig folgt Alex einem schmalen Flur und stößt auf eine angelehnte Tür, die in ein Bibliothekszimmer führt. Die Vorhänge sind zugezogen, es herrscht Dämmerlicht in dem Raum. Ein Beamter von der Spurensicherung kommt eben hastig heraus. Alex betritt vorsichtig das Zimmer und sieht von hinten einen Mann, der in einem großen Ledersessel zu ruhen scheint. Alex nähert sich leise dem Sessel und sieht sofort das Loch in der Schläfe und das Blut am Boden und die offenen Augen, die jeden Ausdruck verloren haben. Der Revolver, mit dem sich der Mann offensichtlich umgebracht hat, wird noch von der linken Hand umklammert, die an einem kraftlosen Arm knapp über dem Boden baumelt. Alex kann den Blick nicht von dem Toten abwenden, der gleichzeitig wie ein leidender Christus und wie ein Mensch aussieht, der endlich alles hinter sich hat.

Langsam zieht sich Alex wieder zurück und folgt einem Beamten die Treppe in den ersten Stock hinauf, hinein in ein geräumiges Kinderzimmer mit einem wunderschönen Blick auf den Garten. In den beiden Kinderbetten liegen still und gerade und in ihren Schlafanzügen ein Junge und ein Mädchen und scheinen friedlich zu schlafen, wären da nicht die gräßlichen roten Blutflecke, die sich auf den Kopfkissen ausgebreitet haben. Ein Beamter schiebt Alex kurz beiseite und kniet mit einem Koffer neben dem Bett des Jungen nieder.

Alex zieht sich schaudernd zurück und geht wieder nach unten, klopft kurz an die Wohnzimmertür und tritt ein.

Alex sieht, wie Pola zusammengekrümmt in lautes, hemmungsloses Schluchzen ausgebrochen ist, und fängt einen ratlosen Blick von Becker auf, der nicht weiß, wie er mit der Frau umgehen soll. „Hören Sie, unsere Psychologin müßte bald hier sein... kann ich Sie mit Frau Stein einen Augenblick alleinlassen?"

„Ja, natürlich..."

Becker erhebt sich rasch und ist schon an der Tür. „Es dauert nicht lange..."

Alex setzt sich neben Pola, die seine Gegenwart kaum wahrnimmt, und nimmt sie in seine Arme.

Auf dem Glastisch vor der Couch liegt der Abschiedsbrief von Jakob Stein. Er hat nicht viel geschrieben, doch die paar Zeilen erwecken den Eindruck, als ob er sich mit dieser Tat schon länger beschäftigt habe: "Meine geliebte Frau, meine liebste Pola! Gestern nacht hatte ich wieder diesen Traum mit der weißen Grotte. Judith und David trugen Kerzen in den Händen, und sie wollten, daß ich bei ihnen bleibe. Die Welt ist schmutzig und gemein, und so habe ich ihnen den Gefallen getan. Verzeih mir meine Liebste, daß ich nicht auf Dich gewartet habe, und folge uns bald nach..."

Alex streichelt Pola geduldig über den Rücken, die Haare, und allmählich wird Pola etwas ruhiger.

Im Warteraum des Krankenhauses sitzt Alex unbequem auf einem harten Stuhl und blättert abwesend in einem Magazin.

Eine Krankenschwester eilt herbei. „Herr Leitner? Frau Stein möchte Sie gerne sehen..."

Alex legt die Zeitschrift weg und steht rasch auf.

Das Krankenzimmer, in dem Pola liegt, ist hell, freundlich und steril. Pola liegt mit glasigen Augen und bleichen Wangen im Bett, offensichtlich hat sie starke Beruhigungsmittel bekommen. Der schwache Abglanz eines Lächelns liegt auf ihrem Gesicht, als sie Alex sieht. „Ich bin Ihnen wirklich sehr dankbar, daß Sie geblieben sind... keine Bange, ich werde Sie nicht unnötig strapazieren, meine Schwester wird bald hier sein..."

Alex setzt sich zu Pola ans Bett und nimmt eine ihrer Hände in die seinen. „Machen Sie sich keine Gedanken..."

„Glauben Sie, es ist meine Schuld? Habe ich mit meinem Trauma meinen Mann angesteckt?"

„Ich bin überzeugt, daß Ihr Mann schon lange daran dachte..."

„Meine Familie hat mir alles bedeutet..." Polas Augen fallen wieder zu, Alex behält ihre Hand in den seinen und beobachtet ihr Gesicht. Polas Augenlider flattern unruhig, als zuckten unablässig Blitze durch ihr Gehirn.

Alex fährt nachdenklich mit dem Bus, beobachtet kleine Straßenszenen.

Ein Beinahe-Auffahrunfall, der hintere Fahrer steigt wütend aus seinem Auto, redet erregt auf seinen Vordermann ein.

Eine ältere Dame wartet auf Grün, dann nimmt sie sorgsam ihr Schoßhündchen auf den Arm, geht mit ihm über die Straße.

Eine Gruppe von Jungs stößt einen von ihnen auf die Straße, ein Autofahrer kann gerade noch kreischend bremsen.

Plötzlich beugt Alex sich vor, an dem kleinen Kino *Lichtburg* sieht er den Titel seines Films, der gerade gespielt wird, *Liebestod*, springt auf, eilt zur Tür und drückt auf den Halteknopf.

Alex betrachtet fast gierig die Aushangfotos von *Liebestod*. Es ist eine *Joseph-Frohberg-Produktion*, Buch und Regie: Alex Leitner. Man kann Alex selbst als Schauspieler erkennen und natürlich Marcia, von der im Sanatorium Bilder hängen.

Alex löst ein Ticket und wird von der Kassiererin nicht erkannt.

Das Kino hat einen sehr kleinen Zuschauerraum, in dem etwa zehn Personen anwesend sind. Alex setzt sich ganz nach hinten und sieht aus den Augenwinkeln schräg vor sich einen Mann mit langen, ungepflegten Haaren sitzen, der eine Sonnenbrille trägt. Der Hauptfilm hat schon begonnen, der offensichtlich mit wenig Geld gedreht wurde. Alex sinkt mit weitgeöffneten Augen tief in den Sessel.

Der Film erzählt die radikale Geschichte eines Journalisten, der von Alex gespielt wird, und einer Terroristin, die Rolle von Marcia, die sich zufällig über den Weg laufen, sich ineinander verlieben und schon bald gemeinsam auf der Flucht sind vor der Polizei.

Immer wieder wird Alex' Konzentration von Zuschauern gestört, die Studentenfutter essen, miteinander tuscheln oder an falschen Stellen lachen. Dann, kurz vor dem Ende des Films, fällt plötzlich ein Schatten über Alex' Gesicht, und der Mann mit der Sonnenbrille setzt sich ungeniert neben ihn, stößt ihn an. „Hey, Alex, alter Macho, kennst du mich noch?"

Alex sieht den Mann mit der Sonnenbrille unangenehm berührt an, erkennt ihn dann plötzlich. „Mein Gott, Sebastian... was ist mit deinen Augen?"

„Komm, gehen wir... oder weißt du nicht mehr, wie der Film ausgeht?"

Alex und Sebastian stehen auf und gehen zum Ausgang, während auf der Leinwand Marcia und Alex halbnackt und zitternd von einem Flußufer aus eine nächtliche Polizeiaktion verfolgen, die ihnen gilt: Polizisten mit Stablampen durchsuchen hektisch ein Schiff nach den beiden Flüchtigen, die es eben in Panik verlassen haben und sich nun eilig in die Büsche schlagen.

Alex und Sebastian kommen aus dem Kino in den grellen Sommertag zurück, und Alex weiß nicht so recht, wie er sich Sebastian gegenüber verhalten soll. „Hör mal, Bastian, geht's dir wirklich gut? Soll ich dich irgendwie führen?"

Sebastian sieht Alex nicht an, klopft ihm beruhigend auf die Schulter. „Mach dir keine Gedanken, ich habe alles im Griff..."

Sebastian geht zielstrebig auf einen großen Kombi zu, der nicht weit vom Kinoeingang entfernt parkt, wirft rasch einen Blick um sich, steigt ein und öffnet die Beifahrertür für Alex.

Alex bleibt zögernd stehen, und Sebastian macht eine ungeduldige Handbewegung. „Los, steig schon ein, du brauchst keine Angst zu haben... ich bring dich überall sicher hin..."

„Ich will zur Party von Delta-Film... weißt du wo das ist?"

„Da will ich auch hin... also, steig schon ein..."

Alex läßt sich widerstrebend auf dem Beifahrersitz nieder, und Sebastian ordnet sich sicher in den Verkehr ein. Sebastian grinst Alex durch seine dunklen Gläser selbstzufrieden an. „Da staunst du, was? Man hat dir sicher erzählt, ich sei erblindet, und jetzt fährt der Verrückte auf einmal Auto..." Sebastian lacht vergnügt vor sich hin und weidet sich an der Verwirrung von Alex.

Alex sieht Sebastian prüfend, fast ängstlich an. „Nein, niemand hat mir was erzählt... ich weiß nur, daß du irgendwann nach unserem zweiten Film nach Afrika gingst... und krank wurdest..."

„Ja... ein langgehegter Traum... der sich zum Alptraum entwickelte... meine Augen entzündeten sich, doch keiner konnte mir helfen... man stelle sich vor, ein Kameramann, der plötzlich nur noch Schatten sieht..."

Der Kombi mit Alex und Sebastian biegt in eine Ausfallstraße stadtauswärts ein, die in den Süden führt.

Alex wirft einen raschen Blick auf Sebastian. „Warst du allein auf dieser Reise?"

Sebastian fährt ohne jede Unsicherheit, nur seine fast nachtschwarzen Augengläser irritieren. „Ja... allein... schließlich ließ ich mich zu einem Medizinmann bringen, von dem man sich Wunderdinge erzählte... er schmierte mir irgendwelche Pflanzensäfte in die Augen und sprach mit seinen Geistern... und dann kam er eines Tages an und eröffnete mir, solange ich gar nicht sehen wolle, könne er mir nicht helfen...“

„Wie hat er das gemeint?“

„Genau das sollte ich selber herausfinden... und allmählich kam ich darauf, daß er nicht meine Sehfähigkeit meinte, sondern mein inneres Auge... mein Auge als Künstler...“

Der Kombi mit Alex und Sebastian biegt von der Schnellstraße in eine schmale Landstraße ab.

Alex schüttelt zweifelnd den Kopf. „Dein Auge als Künstler? Sehr mysteriös...“

„Ja, vielleicht...“ Sebastian lehnt sich entspannt zurück. „...dabei wußte dieser Medizinmann nicht einmal meinen Beruf... jedenfalls dauerte es nicht mehr lange bis ich erkannte, daß ich überhaupt keine Lust mehr hatte, als Kameramann zu arbeiten... all diese jämmerlichen Blutwurst-Geschichten im Werbespot-Design.“

„...und ab da ging es dir wieder besser...“

„Du wirst lachen, aber es ist so... als ich zurück kam, spielte ich den Blinden, obwohl ich schon bald vollkommen geheilt war..."

„Und jetzt? Deine Brille? Ich verstehe nicht..."

Sebastian lacht still in sich hinein. „Du verstehst nicht? Ist doch ganz einfach... niemand stellt mir blöde Fragen, und alle bedauern mich, daß ich nicht mehr Filme drehen kann..."

„Ja aber... du mußt doch von etwas leben..."

„Ich reise durch die Gegend und versorge diese Filmfuzzis mit Stoff... alles, was das Herz begehrt... kein Mensch kommt auf die Idee, daß ich Halbblinder ein Superdealer sein könnte... eine bessere Tarnung gibt's gar nicht..."

Alex starrt Sebastian lange verwundert an und schüttelt den Kopf. „Du bist der beste Kameramann, den ich kenne... wie hältst du dieses Leben aus?"

„Wenn du wieder einen Film drehst, bin ich sofort dabei... ansonsten mache ich das noch ein Jahr und verschwinde für immer nach Afrika..."

Sebastian deutet nach hinten auf einen Aktenkoffer und macht Alex mit dem Kopf ein Zeichen. „Da... schau mal rein... 3639..."

Alex stellt die Zahlenkombination ein, öffnet den Aktenkoffer und betrachtet die fein säuberlich in Fächern untergebrachten Plastikpäckchen, Tabletten, Ampullen.

„Bedien' dich... es ist von allem genug da..."

Alex und Sebastian schauen sich an und brechen in ein brüllendes Gelächter aus.

Die Räumlichkeiten der *DELTA-Film* befinden sich in einem riesigen, ehemaligen, hufeisenförmigen Gutshof, vollkommen renoviert, einige neu errichtete Gebäude dienen als Studios. Auf der Wiese außerhalb des Areals, der als Parkplatz dient, stehen schon viele Autos. Riesige Poster und Schriftzüge mit dem Titel eines für den Auslands-Oscar nominierten Films dekorieren die Einfahrt und die Außenmauern der Gebäude.

Der Kombi mit Alex und Sebastian nähert sich auf dem Feldweg, biegt ab und reiht sich unter die Parkenden.

Alex und Sebastian steigen aus, und Sebastian, mit seinem Aktenkoffer in der Hand, klopft Alex auf die Schulter. „So, mein Lieber, vergiß nicht, daß ich ein Krüppel bin, ich kann es mir nicht leisten, als Simulant geoutet zu werden..."

Alex und Sebastian gehen auf den Eingang von *DELTA-Film* zu, der von zwei klotzigen Sicherheitsleuten martialisch bewacht wird. Alex und Sebastian zeigen ihre Einladungen, die elektronisch geprüft werden, und können passieren.

Eine Band spielt, ein Tanzpodium ist aufgebaut, überall stehen Catering-Wagen mit allen möglichen

Köstlichkeiten, Tische, Stühle stehen in Massen herum, auch mächtige, noch eingerollte Regenschirme. Die raffinierte, stets wechselnde Beleuchtung ist ganz auf die auch hier überall an den Wänden installierten Poster des oscar-nominierten Films ausgerichtet.

Das Fest hat schon länger begonnen, der Innenhof ist bereits gut gefüllt mit Gästen, die schon bester Stimmung sind. Auch in einigen Räumen des Hauptgebäudes findet die Party statt, doch um dorthin zu gelangen, müssen Alex und Sebastian noch eine weitere Kontrolle über sich ergehen lassen, passieren auch diese anstandslos.

Im Innern tummeln sich ebenfalls schon viele Gäste, doch hier, wo sich die wichtigeren Leute aufhalten, ist die Atmosphäre anders, schleichender, fiebriger, als könnte jeden Augenblick etwas Entscheidendes - grandios oder peinlich - passieren.

Sebastian zwinkert Alex zu und verschwindet sofort in der Menschentraube, aus der sofort gierige Arme nach ihm greifen.

Alex schlendert langsam weiter durch die große Lobby, von der überall und auch hinten in den Gängen Türen zu den einzelnen Büros abgehen, die zum Teil geöffnet sind.

Fast im Zentrum, wo eine großzügige Sitzlandschaft aufgebaut ist, thront ein mächtiger, schrill und auffällig gekleideter Mann auf einem Sofa, der sich eine Menge Kissen in den Rücken gestopft hat und halb im Liegen hofhält: Werner Hollmann, Mitte fünfzig, Chef der Fiction-Abteilung beim größten Privatsend e r *GLOBAL-TV*, der auch an dem nominierten *DELTA-Film* beteiligt ist. Um Hollmann bemüht sich eine Menge junger Frauen, die ihm Leckerbissen an sein Lager bringen oder ihm ein Glas frischen Champagner in die Hand drücken und alle beängstigend gut gelaunt sind, auch wenn Hollmann der einen oder anderen von Zeit zu Zeit Champagner in den Ausschnitt schüttet, sodaß ihre Brüste in ihren nassen, dünnen *GLOBAL-TV*-T-Shirts, unter denen sie keine BHs tragen, fast nackt aussehen.

Hollmann, der bei allem Lärm, den er verbreitet, niemals seine Umgebung aus den Augen läßt und irgendwie kindlich hilflos wirkt, erblickt Alex von weitem und ruft ihn mit dröhnender Stimme zu sich. „Hey, Alex, du altes Scheusal! Willst du mir altem kranken Mann nicht "hallo" sagen?"

Alex zögert, doch alle Blicke richten sich auf ihn, und so begibt er sich in den Kreis der Leute, die um Hollmanns Liege herumstehen. Hollmann wendet sich gereizt an seine weibliche Leibgarde. „Bringt ihm was Anständiges zu essen und ein Glas Champagner, ich muß unbedingt mit ihm anstoßen... er ist der einzige hier, der etwas taugt..."

Alex nimmt ganz in der Nähe von Hollmann Platz, wo extra jemand für ihn aufgestanden ist, und hat auch schon ein Glas Champagner in der Hand. Hollmann streckt Alex die Flasche Champagner entgegen, die er gerade in der Hand hält, und stößt damit derb an Alex' Glas. „Prost du alter Verweigerer... ich habe die Geschichten gelesen, die du mir geschickt hast... wenn du willst, sind wir wieder im Geschäft..." Hollmann trinkt demonstrativ einen riesigen Schluck aus der Flasche, sodaß ihm der Champagner den Hals hinunter rinnt, Alex nippt nur leicht an seinem Glas und stellt es wieder weg, argwöhnisch beobachtet von Hollmann. „Sag bloß, du bist auf einmal trocken geworden... wie sollen wir beide da über spritzige Drehbücher reden?" Hollmann schaut in die Runde und lacht brüllend los, seine Umgebung lacht pflichtschuldig mit.

Alex, bei dem man spürt, daß er Hollmann mag, aber daß er ihm irgendwie leid tut, ohne es ausdrücken zu können, steht lächelnd auf und klopft Hollmann auf die Schulter. „Ich nehme dich beim Wort... am Montag stehe ich bei dir auf der Matte..."

Alex windet sich rasch aus dem Einflußbereich Hollmanns, als er plötzlich eine leichte Hand auf seinem Arm spürt. Alex dreht sich um und sieht direkt in die Augen und das glatte Gesicht von Tamara, einer attraktiven jungen Frau, die, einen Sticker mit dem Logo von *GLOBAL TV* mit ihrem Vornamen am Träger ihres tiefdecolletierten Kleids, ihn verschwörerisch anlächelt. „Sie sind Alex Leitner, nicht wahr? Der Mann von Marcia Hunter... hören Sie, wenn Sie bei uns etwas machen wollen, sollten Sie nicht mit Hollmann sprechen..."

Alex sieht Tamara verdutzt an. „Aber... *e r* ist doch der Chef der Fiction-Abteilung..."

„Ab nächster Woche sitzt ein anderer auf seinem Platz... er weiß es nur noch nicht..."

Alex sieht Tamara weiter ungläubig an. „Das glaub' ich nicht... und wer soll der Neue sein?"

Tamara deutet mit ihrem Kopf unmerklich zu der Gruppe von Menschen, die Hollmann umgeben, woraufhin ein ziegenbärtiger, blonder Mann um die dreißig, der hinter dem Sofa von Hollmann steht, ihnen unauffällig, aber dreist lächelnd zuprostet.

Alex wendet sich wieder an Tamara. „Norbert Winter? Der diese unsägliche Comedy-Serie entwickelt hat?"

„Norbert ist ein Filmfreak... ich muß es ja wissen, ich bin seine Assistentin..."

Alex forscht in den Augen der unentwegt lächelnden Tamara, ob sie es wirklich ernst meint, aber offensichtlich kennt dieses Gesicht keinen Ausdruck für Ironie. „Ich verstehe... und er möchte wohl gerne, daß Marcia für Ihren Sender vor der Kamera steht..."

Tamara strahlt jetzt richtig, falls diese Steigerung überhaupt möglich ist. „Erraten... und Sie sollen dabei Regie führen..."

Alex muß an sich halten, um nicht laut herauszulachen, und tätschelt Tamara die Wange. „Hört sich gut an... ich werde es mir überlegen..."

Alex wendet sich zum Gehen, Tamara sieht ihm entzückt nach und macht das Victory-Zeichen zu Norbert Winter, der grinsend und verstohlen den Daumen hebt.

Alex stellt sich an einen der Catering-Wagen, legt sich wahllos etwas zu essen auf einen Teller, zögert einen Augenblick und nimmt dann ein Glas Rotwein mit.

Alex bewegt sich aus dem Trubel heraus nach hinten zu den seitlich abgehenden Gängen und sucht nach einem Platz, wo er in aller Ruhe essen kann.

Aus einem der halboffenen Büros, das im Dunkeln liegt, hört er plötzlich leises Schluchzen und geht neugierig hinein. In dem Raum stehen hohe Gestelle voller Formulare und Berge von DVDs, und irgendwo ist eine Sitzecke eingerichtet, wo Alex im schwachen Licht der Gangbeleuchtung eine Gestalt kauern sieht, die völlig in sich zusammengesunken ist.

Alex legt seinen Teller und sein Glas ab und nähert sich leise der Gestalt, faßt sie behutsam am Arm. „Entschuldigung, ich will nicht aufdringlich sein, aber... kann ich irgendwie helfen?"

Die Gestalt hebt langsam den Kopf, und Alex sieht zu seinem Schrecken in die Augen seines Freundes Dieter. Dieter zuckt leicht zurück, als er Alex erkennt, doch er ist so in seinem Schmerz gefangen, daß er sich nicht zusammennimmt. „Alex? Du? Was machst *du* denn hier?"

„Das gleiche könnte ich dich fragen..."

Dieter rappelt sich in seinem Sessel hoch und putzt sich die Nase.

Alex läßt sich neben Dieter nieder. „Was ist los mit dir? Ich kann mir nicht vorstellen, daß es diese Hirnwichser sind, die dich derart deprimieren..."

Dieter starrt teilnahmslos vor sich hin, als hätte er Alex gar nicht gehört, und antwortet dann plötzlich und gepreßt. „Mona hat einen Gehirntumor... inoperabel... mit etwas Glück hat sie noch ein halbes Jahr zu leben..."

„Was sagst du da?"

„Ja, so ist es... sie selbst ist noch völlig ahnungslos, ich habe es heute durch eine Indiskretion erfahren... und ich wußte mir nicht anders zu helfen, als schleunigst das Haus zu verlassen, weil ich ihr nicht in die Augen sehen konnte..."

Alex sieht betroffen Dieter an, beide schweigen. Dieter regt sich plötzlich und erhebt sich mühsam. „Ich gehe wohl jetzt besser... irgendwann wird sie es ja doch erfahren, und dann möchte ich bei ihr sein..."

„Soll ich mit dir kommen?"

„Nein, nein, du bleibst hier und machst sie alle nieder... wie in alten Zeiten..."

Dieter tätschelt Alex zerstreut den Rücken und taumelt hinaus.

Als Alex sich ebenfalls erheben will, wischt plötzlich ein Paar herein, schließt die Tür, drückt sich in die Fensternische jenseits des Gestells, neben dem Alex sitzt, tuschelt und kichert, dann ein paar kräftige Sniffs, Kleidungsstücke werden hastig abgestreift, die Stimmen des Paars werden erregter, sie kopulieren wild, schnell und gierig, dann ist alles vorbei, ein Gürtel wird festgezurrt, ein Kleid raschelnd zurechtgezupft, dann ist Alex wieder allein. Alex greift nach dem Rotweinglas und trinkt es in einem Zug leer.

Das Fest ist jetzt auf seinem Höhepunkt, immer neue Gäste kommen angefahren, die meisten werden jedoch abgewiesen, fangen vor dem *Delta*-Gebäude ihre eigene Party an, drehen Autoradios auf volle Lautstärke, trinken aus mitgebrachten Flaschen, zünden auf den Wiesen Feuer an.

Unter den Neuankömmlingen befindet sich auch Nadja Slimani mit ein paar jungen Begleitern, die in einer feinen Limousine und einem riesigen Jeep angerollt kommen, sie werden ohne Schwierigkeiten eingelassen.

Alex kommt aus der Abstellkammer, hört von ferne die hysterisch aufgeheizten Geräusche der Party, sieht Gäste vorne in der Lobby, die hektisch durcheinander laufen.

Alex hält inne, überlegt und steigt dann hinten die Treppe zum ersten Stock hinauf. Hier oben sind die Geräusche der Party nur noch sehr gedämpft zu hören, von außen fällt das flackernde Licht der Neon-

Reklamen und der Feuer auf den Wiesen herein, sonst ist alles dunkel.

Alex biegt von der Treppe in den Flur, der vollkommen verlassen ist, bis auf eine weibliche Gestalt, die an der Stirnseite auf der Fensterbank des offenen Fensters sitzt und scheinbar wie gebannt in den Hof hinunter starrt.

Alex geht langsam auf die Gestalt zu, und als er sie schon fast greifen kann, blickt sie plötzlich auf.

Es ist Tanja, mit der Alex am Nachmittag zusammen war. Ihre Augen sind unnatürlich geweitet, eine ihrer Hände umkrampft den Hals einer Champagnerflasche. „Oh, Alex Leitner, die Lichtgestalt... haben die Zombies dich noch nicht verschlungen?" Tanja nimmt einen tiefen Schluck aus der Flasche.

Alex lehnt sich nachdenklich gegen die Fensterbrüstung und nimmt Tanjas freie Hand zwischen die seinen. „Was ist los, Tanja? Ich hab' dich noch nie so gesehen... bist du nicht mit deinem Freund hier?"

Tanja starrt Alex an und kichert haltlos. „Alex, du bist wirklich süß, das muß man dir lassen, aber du hast nichts kapiert... ich habe keinen Freund, weil ich in dich verknallt bin... nein, das stimmt nicht... weil ich dich liebe... und das schon seit Jahren... und ohne Sebastian und seinen kleinen Koffer wäre die gute Tanja schon längst über den Jordan gehüpft... jawoll..." Tanja nimmt wieder einen kräftigen Schluck, und Alex sieht sie fassungslos an.

„Aber... Tanja... das ist doch... Wahnsinn...“

„Ja, so ist das Leben... ich liebe dich, aber du liebst Marcia... Marcia liebt George Clooney, aber George liebt Cheryl, und Cheryl liebt einen Bodybuilder, aber der Bodybuilder liebt seinen Pitbull... und immer so weiter, ein endloser Reigen... ich wünschte, ich wäre alt und verdorrt und wüßte nicht mehr, was das Wort Liebe bedeutet...“

Alex ist jetzt ernsthaft beunruhigt und faßt Tanjas Kopf sanft mit seinen Händen. „Tanja, ich weiß nicht, was ich sagen soll... kann ich etwas für dich tun?“

„Sag mir, ob du es heute genossen hast, mit mir zu vögeln... vielleicht kann ich ja damit Geld verdienen?“

Alex starrt Tanja eine Weile stumm an, dann küßt er sie hastig auf die Stirn. „Du solltest von hier verschwinden... ich bringe dich nach Hause, wenn du willst...“

„Nur wenn du sagst, daß du mich liebst...“

„Tanja, treib's nicht auf die Spitze...“

„Sag's einfach...“

„Tanja!“

Tanja klammert sich plötzlich heftig an Alex. „Sag es! Ich schwöre dir, es tut nicht weh!“

„Tanja! Das ist doch Unsinn! Laß mich los!“

„Sag es!"

Schwer atmend starren sich Alex und Tanja an, als plötzlich etwas Brennendes durchs offene Fenster fliegt und auf dem Gang zersplittert: ein Molotow-Cocktail! Die Flammen lodern sofort hoch aus dem versprizten Benzin, lecken an Türen und Teppichen.

Alex und Tanja sind unverletzt, Alex faßt Tanja an der Hand. „Los, schnell weg vom Fenster!"

Tanja reißt ihre Hand los und bleibt sitzen. „Faß mich nicht an!"

Alex sieht Tanja wütend an. „Wie du willst, ich hole einen Feuerlöscher..."

In der Lobby, wo sich immer noch die meisten Gäste aufhalten, hat es offensichtlich auch schon einen Brandanschlag gegeben. Viele der Gäste drängen nach draußen, um zu sehen, was los ist, Alex findet am Aufgang zur Treppe einen Feuerlöscher und eilt damit wieder nach oben.

Im Flur im ersten Stock haben die Flammen neue Nahrung gefunden und sich in Türen und den Teppich gefressen, Rauchschwaden behindern die Sicht.

Von Tanja ist nichts zu sehen, sie sitzt nicht mehr auf der Fensterbank. Draußen scheint die Hölle los zu sein, große Lichtscheine flackern, Menschen schreien voller Zorn und Wut und scheinen aufeinander einzuschlagen, immer wieder zischen Molotow-Cocktails durch die Luft.

Alex setzt den Feuerlöscher in Betrieb, richtet den Strahl auf die schlimmsten Brandherde, und plötzlich sieht er Tanja reglos unter der Fensterbank liegen, eilt zu ihr und dreht sie auf den Rücken. In der rechten Hand hält Tanja noch eine scharfe Glasscherbe, die von der explodierten Flasche stammt, blutig von dem tiefen Schnitt, mit dem sie sich die Pulsadern am linken Handgelenk geöffnet hat. Das Blut strömt ungehindert heraus, Tanja ist schon ohnmächtig geworden.

Alex zieht seine Jacke aus, reißt einen Ärmel von seinem Hemd und bindet Tanja den Arm ab, packt sie unter den Armen und schleift sie zur Treppe.

In der Lobby hat sich das Chaos inzwischen noch weiter ausgebreitet, offenbar sind neue Brandbomben geworfen worden, einige der Typen, die nicht eingelassen wurden, haben sich gewaltsam Eintritt verschafft und prügeln sich mit Gästen.

Alex erscheint mit Tanja und stößt auf Nadja, die mit ihren Begleitern versucht, sich den Weg nach draußen freizukämpfen. „Nadja! Du mußt mir helfen! Tanja muß ins Krankenhaus!"

Nadja mustert mißbilligend Tanja in Alex' Armen. „Ich wußte gar nicht, daß du ein so stürmischer Liebhaber bist..."

Nadja macht einem ihrer Begleiter mit dem Kopf ein Zeichen, und ohne etwas zu sagen, faßt dieser sofort mit an, und langsam kämpft sich die Gruppe bis zum Ausgang vor.

Der Innenhof sieht verheerend aus, beinahe alles, was brennbar ist, hat schon Feuer gefangen, auch die riesigen Filmposter, und die Neonröhren platzen funkensprühend eine nach der anderen. Auch hier ist ein Teil der gewaltsam Eingedrungenen im Kampf mit den Gästen, die alle so schnell und so unbehelligt wie möglich das Weite zu suchen trachten.

Alex, Tanja, Nadja und ihre Begleiter kommen jetzt etwas schneller voran, geraten zuweilen dennoch in Keilereien. Mit Mühe und Not schaffen sie es, durch das Hauptportal zu kommen. Von hier draußen ist erst das volle Ausmaß der Gewalttätigkeiten zu sehen. Das *DELTA-Film*-Gebäude brennt an allen Ecken und Enden, zum Teil schlagen die Flammen schon aus dem Inneren, noch immer fliegen Molotow-Cocktails.

Einige der Belagerer haben Autos geknackt und fahren damit gegen die Außenwand der *DELTA-Film*, lassen aufjohlend die Airbags platzen.

Alex, Tanja, Nadja und ihre Begleiter huschen geduckt über den Parkplatz zu ihren Autos, die etwas außerhalb stehen.

Sebastian taucht plötzlich am Steuer seines Kombis von irgendwo auf und hält neben Alex, läßt die Scheibe herunter. „Hey, Alter, brauchst du 'nen Lift? Oder willst du die Frauen ganz allein für dich?"

„Ich komm schon klar... hau du bloß ab, solange du noch kannst..."

Sebastian grinst und holpert weiter über die Wiese, als unverhofft ein Molotow-Cocktail durch das offene Fenster fliegt und explodiert. Der Kombi macht plötzlich einen Sprung, rast auf einen Baum zu, explodiert zum zweiten Mal und geht in Flammen auf.

Alex starrt entgeistert auf das entsetzliche Schauspiel und hastet dann weiter mit Tanja, Nadja und ihren Begleitern.

Die Gruppe erreicht Nadjas Limousine, Alex legt Tanja behutsam auf den Rücksitz, Nadja setzt sich zu ihr nach hinten, Alex nimmt auf dem Fahrersitz Platz.

Nadjas Begleiter steigen in den Jeep und fahren los, Alex folgt ihnen.

Der Jeep fährt wie ein Schneepflug durch die parkenden oder in Panik davonfahrenden Autos, dennoch wird Nadjas Limousine mehrmals von anderen Autos gerammt, bleibt jedoch fahrtüchtig.

Endlich erreichen sie die Landstraße, als ihnen mit Blaulicht und Sirene eine lange Kolonne von Polizei- und Feuerwehrfahrzeugen entgegen kommt, die sofort in Richtung *DELTA-Film* einschwenkt, in breiter Formation über die Felder donnert und mächtig Staub aufwirbelt.

Alex und Nadja sehen kurz zurück auf das Schlachtfeld, das sie eben verlassen haben, von dem nur noch schwach die Umrisse des *DELTA-Film*-Gebäudes, lodernde Flammen und mehrere Rauchsäulen zu erkennen sind, und werfen sich über den Rückspiegel einen erleichterten Blick zu.

„Wie sieht's aus? Ist sie immer noch ohne Bewußt-sein?"

„Ja, aber sie blutet wenigstens nicht mehr..."

„Wir müssen sofort ins Krankenhaus..."

Alex blinkt die Begleiter im Jeep mit dem Fernlicht an, beschleunigt, überholt und macht ihnen ein Zeichen, ihm zu folgen.

Die Begleiter haben verstanden, lassen sich zurückfallen und fahren hinter ihm her.

Nadja betrachtet Tanja aufmerksam. „Sie ist so wunderschön... warum hat sie das bloß getan? Hast du sie auch unglücklich gemacht?"

„Ach Nadja... das willst du doch gar nicht wissen..."

Nadja lehnt sich zurück, bettet sachte Tanjas Kopf auf ihren Schoß, streichelt ihr übers Haar und sieht zum ersten Mal entspannt aus.

Nadjas Limousine und der Jeep halten vor dem Kreiskrankenhaus, Alex steigt aus und rennt zum Pförtner. „Wir haben hier eine junge Frau, die sich die Pulsadern aufgeschnitten hat... bitte, machen Sie schnell..."

Der Pförtner drückt die Sprechtaste. „Sofort eine Trage zur Pforte... Suizidversuch... die Pulsadern... eine junge Frau..." Der Pförtner wendet sich wieder Alex zu. „Es kommt gleich jemand..."

Zwei Pfleger hasten herbei, heben Tanja auf die Trage und schieben sie zum Eingang.

Alex wendet sich an Nadja, die die Scheibe herunterläßt. „Kommst du mit rein? Ich möchte, daß jemand da ist, wenn sie aufwacht..."

„Mich will sie bestimmt nicht sehen, aber für dich tu' ich alles..."

Alex steigt ein und fährt auf den Parkplatz, Nadja macht ihren Begleitern ein Zeichen, daß sie nicht mehr gebraucht werden.

Der Jeep jagt mit aufjaulendem Motor davon.

Nadja und Alex sind die einzigen Besucher, das Krankenhaus ist kalt und nüchtern eingerichtet, ein großer Gegensatz zu der gespenstischen Szenerie bei *DELTA-Film*.

Nadja, die in ihrem Party-Outfit phantastisch aussieht, aber vollkommen deplaciert wirkt, blättert abwesend in irgendwelchen Zeitschriften, während Alex, die Ellbogen auf seinen Knien, düster vor sich hinstarrt.

Nadja wirft immer wieder einen verstohlenen Blick auf Alex. „Alex, mach dich nicht verrückt...

was immer zwischen euch geschehen ist... jeder ist nur für sich selbst verantwortlich..."

Alex lacht bitter auf. „Das habe ich heute auch zu jemand gesagt..."

Eine Tür klappt im Hintergrund, und eine Schwester nähert sich eilig. „Frau Palucca ist jetzt aufgewacht..."

„Weiß sie, daß wir hier sind?"

Die Schwester sieht verständnislos von Nadja zu Alex.

Alex sieht Nadja an und steht rasch auf. „Schon gut, bringen Sie mich zu ihr..."

Die Schwester, froh, jeglicher Art von Komplikationen enthoben zu sein, geht Alex rasch voran.

Nadja sieht Alex mit einem langen Blick nach.

Alex betritt Tanjas Zimmer, die Schwester schließt im Hintergrund die Tür. Es brennt bloß ein schwaches Licht, von Tanja sieht man nur das bleiche, ovale Gesicht auf dem Kopfkissen, umflutet von ihrem schwarzen Haar.

Tanjas Augen sind offen, der künstliche Glanz ist daraus gewichen. Alex zieht einen Stuhl zum Bett und setzt sich ganz nahe zu ihr hin. „Schön, daß du wieder bei uns bist... wie geht es dir?"

Tanjas Augen strahlen, sie streckt ihre gesunde Hand unter der Bettdecke hervor und drückt ganz fest eine Hand von Alex.

Alex ist von dieser Geste überwältigt, Tränen treten in seine Augen. „Tanja... du bist wie das blühende Leben, und jeder normale Mann würde sich wünschen, dich auf der Stelle zu heiraten und ein Dutzend Kinder mit dir zu zeugen... doch ich bin nicht der Mann, den du brauchst, aber es gibt ihn und er wartet auf dich, glaub' mir...“

Alex senkt seine Stirn und drückt sie gegen Tanjas Handrücken, verharrt so eine Weile, hebt wieder seinen Kopf. „Denk an mich, wenn du glücklich bist und über diese Zeit und deine Verirrungen nur noch lächeln kannst... versprich es mir...“

Tanja lächelt Alex immer noch vertrauensvoll an und drückt ihm zum Zeichen ihres Einverständnisses fest die Hand. Alex läßt Tanja nicht aus den Augen, steht auf und zieht sachte seine Hand zurück.

Von ferne sieht man die edle, jedoch ziemlich ramponierte Limousine von Nadja heran rollen. Nadja sitzt am Steuer, Alex sitzt müde und apathisch neben ihr.

Die Limousine hält in einiger Entfernung vor dem Eingang zum Sanatorium, dessen Gitterportal um diese späte Stunde geschlossen ist, auf einem kleinen

Ausweichplatz auf der gegenüberliegenden Straßenseite.

Nadja löscht die Lichter, macht den Motor aus und wendet sich Alex zu. Auch Nadja sieht man die lange Nacht an, doch sie ist der Typ, dem die Blässe, die großen, geweiteten Augen und die durchscheinende Haut erst den besonderen Reiz verleihen. „Heirate mich, Alex! Du bist der einzige Mensch, den ich ertragen kann, und der einzige Mann, der mich jemals befriedigt hat! Du kannst Geschäftsführer einer meiner Firmen werden, damit du unabhängig bist, du kannst dir Geliebte zulegen, so viele du willst - nur laß mich in deiner Nähe sein, wenn es dämmert, laß mich deinen Atem spüren, dein unruhiges Herz, und ich werde deine Trösterin sein, denn nur ich kenne deine Sehnsüchte und deine Ängste und weiß, was du wirklich brauchst...“

Alex hat Nadja still zugehört, den Kopf gegen die Kopfstütze gelehnt, hellwach, die Augen vom schweren Tag leicht vernebelt. Jetzt dreht Alex sein Gesicht Nadja zu, ohne den Halt der Kopfstütze aufzugeben, seine Augen sind ganz geöffnet und klar. „Mach dir nichts vor, Nadja... für Menschen wie uns gibt es keine Erfüllung... und irgendwann, wenn uns das Alter seine häßliche Fratze zeigt, werden wir endgültig in den Abgrund der Verzweiflung stürzen, und auch Berge von Geld werden uns dann nicht retten...“ Alex lehnt sich zu Nadja hinüber und umarmt sie heftig, fast verzweifelt, löst sich dann plötzlich von ihr, greift nach dem Türgriff, verharrt kurz. Nadja wartet wie erstarrt auf seine Worte. „Lebwohl, Nadja... tut mir leid, daß ich nicht zwanzig Jahre jünger bin...‟

Alex steigt aus und geht langsam, ohne zurückzublicken, quer über die Straße auf den Eingang des Sanatoriums zu, zieht dabei sein Handy aus der Jackentasche und wählt eine gespeicherte Nummer.

Nadja schaut Alex unbeweglich und mit erloschenen Augen nach.

„Geh ran, Marcia, bitte... !‟ Alex vernimmt einen Piepser aus der Hörmuschel und dann Marcias Stimme. "High, this is Marcia... tell me your secret and I promise I call you back..." Wieder hört man den Piepser, und Alex krümmt sich verzweifelt zusammen, das Handy am Ohr. „Nein... nein... nein!... Geh ran, sprich mit mir, ich weiß, daß du da bist!‟

Um die Biegung hinter dem Sanatorium erscheinen die starken Scheinwerfer eines Lasters, der schnell unterwegs ist und direkt auf Alex zurast.

Alex ist zu sehr in seine vergebliche Zwiesprache mit Marcia versunken, als daß er etwas mitbekommt.

Nadja in ihrer Limousine, schon im Brennstrahl der Lasterscheinwerfer, richtet sich langsam auf und sieht das Unheil kommen. „Alex! Um Gottes willen! Geh doch zur Seite!‟

Alex ist jetzt mitten auf der Straße und noch weit vom Sanatorium entfernt, brüllt unbeherrscht in sein

Handy. „Wenn du nicht zu mir kommst, komm' ich eben zu dir!"

Alex sieht hoch und registriert erst jetzt den heranrasenden Laster, doch in seinem Kopf hat sich die Wahrnehmung der Wirklichkeit schon getrübt. Die gleißend hellen Scheinwerfer verwandeln sich für Alex in Marcias Augen, deren lächelndes Gesicht immer dichter auf ihn einschwebt.

Horst Grupe, der Fahrer des Tanklasters, sieht Alex' Gestalt mitten auf der Straße, die nicht zur Seite weicht, sondern im Gegenteil mit ekstatisch ausgebreiteten Armen einen Schritt auf ihn zu torkelt. „Oh, Scheiße! Nein! Verschwinde! Geh doch weg, verdammt!" Grupe hupt wie wild und versucht vergeblich auszuweichen.

Alex reckt triumphierend die Arme nach oben. „Jaaa! Marcia! Ich komme!"

Alex wird von dem Laster wie ein Streichholz geknickt, Grupe verliert die Kontrolle über den Tanklaster, braust knapp an Nadjas Limousine vorbei, schießt ins freie Feld hinaus, kracht gegen ein verfallenes Haus und geht in Flammen auf, die turmhoch gegen den Himmel lodern.

Nadja steigt wie in Trance aus ihrem Auto aus und geht zu der Stelle, wo Alex überfahren wurde, doch von ihm ist nichts zu sehen, es liegen nur einige der Präservative herum, die Alex bei Frohberg eingesteckt hatte, Nadja sieht sie sich fassungslos an.

Im Sanatorium gehen überall die Lichter an, und schon bald stürzen die ersten Menschen auf den Schauplatz.

Einer der ersten ist der junge Mann mit dem Babyface, der sofort auf Nadja zu rennt, die meisten anderen laufen weiter zum brennenden Laster. „Was ist denn passiert? Sind Sie verletzt?"

„Ich bin unverletzt... ich glaube, der Fahrer des Tanklasters hat die Kontrolle verloren..."

„Soll ich Sie in die Klinik bringen?"

„Oh ja, das wäre nett... und bitte... wenn du meinen Wagen..."

„Selbstverständlich..." Babyface legt behutsam einen Arm um Nadja, geleitet sie zu ihrem Auto zurück und setzt sich stolz ans Steuer.

Nadja nimmt auf dem Beifahrersitz Platz und betrachtet ihren neuen Beschützer wohlgefällig, ohne die Miene der Leidenden aufzugeben. „Wie heißt du, mein Junge?"

„Robert... aber Sie können Robby zu mir sagen..."

„Robby?... Robby ist ein netter Name..."

Die schwere Limousine fährt mit einem Ruck los.

Über dem lichterloh brennenden Wrack des Lasters schießen dichte schwarze Wolken in einer leicht kreisenden Bewegung senkrecht nach oben, als ob sie Alex mit sich in den Himmel trügen.

Noch empfindet Alex eine Art Phantomschmerz ob seines so plötzlich abhandengekommenen Körpers, aber er hat keine Angst mehr, auch wenn er sich immer weiter von der Erde entfernt und seine Seele vielleicht schon bald wie eine Sternschnuppe verglüht...

DUNKEL IST DIE NACHT

Das geschmackvoll und teuer mit Kirschholz, Glas und mattem Metall eingerichtete Konferenzzimmer liegt ganz oben in einem neuen Hochhauskomplex. Ein Panoramafenster, das die ganze Höhe und Breite einer Längsseite einnimmt, gibt den Blick frei auf eine Parklandschaft mit künstlichem See, was den Eindruck erweckt, als schwebte der Raum wie ein Ufo in der Luft.

In dem Büro sitzen fünf Personen in einer intensiven Besprechung zusammen, der Leiter der Entwicklungsabteilung einer Autofirma, Harald Mommsen, ein Techniker, Dirk Sager, ein Finanzfachmann, Gerd Naumann, eine Protokollantin, Silke Brand, und auf der anderen Seite Gregor Winter.

Dirk Sager ist gerade dabei, seinen Bericht zu beenden. "...danach haben wir alle Modelle mit dem Stoßdämpfer dieser neuen Generation ausgestattet und sie auf Herz und Nieren geprüft. Sie haben sich automatisch und zuverlässig auf die verschiedenen Gewichte, die unterschiedlichen Achsbelastungen und jeden erdenklichen Straßenzustand eingestellt..."

Mommsen nickt schweigend und wendet sich an seinen Finanzfachmann. "Nun, Herr Naumann, fanden *Sie* ein Haar in der Suppe?"

Naumann tippt auf seinem Laptop herum, bis er eine bestimmte Tabelle findet. "Die Tatsache, daß sich dieser Stoßdämpfer in sämtliche Modelle einbauen läßt, macht ihn konkurrenzlos... außerdem können wir in der Werbung mit der Innovation punkten, daß sich jedes Auto jederzeit von selbst in das optimale Fahrgefühl schaltet..."

Mommsen wendet sich mit einem breiten Lächeln an Gregor Winter. "Ich weiß nicht, was ich sagen soll... Sie haben sich mit dieser neuen Generation von Stoßdämpfern selbst übertroffen."

Gregor Winter lächelt geschmeichelt. "Das höre ich gerne... es gab Zeiten, da hatten wir härtere Debatten..."

Mommsen lacht diese Erwiderung jovial weg und sieht auf die elegante, elektronische Wanduhr. "Ich stelle fest, daß wir den morgigen Tag für weitere Verhandlungen gar nicht mehr benötigen. Wenn Sie wollen, sind Sie heute abend sehr herzlich zum Essen eingeladen."

Gregor Winter wiegt abwägend den Kopf. "Das ist sehr großzügig von Ihnen, doch es gibt einen persönlichen Grund, daß ich versuchen möchte, den letzten Flieger nach Hause zu erreichen. Ich bin aber gerne dabei, falls es nicht klappt."

Gregor Winter kommt aus dem Eingang des Hotels *Bristol* und steigt in ein Taxi. "Zum Flughafen bitte..."

Das Taxi fährt los, und Gregor wählt eine gespeicherte Nummer, neben der *Mona* steht.

Mona, schlank und dunkelhäutig, sitzt in einem modisch gestylten Großraumbüro mit Headset an der Telefonanlage, meldet sich routiniert höflich. "Gandolf und König, guten Tag, was kann ich für Sie tun?"

"Mona? Ich bin's, Gregor..."

Mona wird sofort leise und lasziv, als sie Gregors Stimme erkennt. "Hi, was für eine Überraschung..."

"Hör zu, ich bin hier einen Tag früher fertig mit meinen Geschäften... können wir uns heute abend noch sehen?"

"Aber sicher... je früher desto besser... sag mir Bescheid, wann du kommst..."

Gregor wählt gleich nochmal. "Anja? Ich bin's..."

"Gregor? Augenblick..." Anja macht Hausarbeiten, die beiden Kinder Thomas und Beatrice toben herum. "Jetzt seid mal leise, Papa ist am Telefon..."

"Kannst du mich hören?"

"Ja, die Kinder waren so laut..."

"Herzlichen Glückwunsch zum Geburtstag... ich weiß nicht, wie lange es morgen noch dauert... ich wäre lieber zu Hause bei euch... ich liebe dich..."

"Komm, sobald du kannst..."

"Versprochen..."

Gregor unterbricht die Verbindung, und Anja muß ihre Kinder beruhigen, vor allem Beatrice ist sehr aufgebracht. "Warum ist Papa nie da? Bennys Papa ist immer zu Hause..."

"Das ist etwas anderes, er hat seine Arbeit verloren..."

Gregor lehnt sich zufrieden zurück. Die Landschaft, die an ihm vorbeizieht, ein Gewerbegebiet mit vereinzelten Hochhaus-Wohnblöcken, wirkt wie eine Mondlandschaft, bizarr und menschenleer. Der Taxifahrer wirft über den Rückspiegel einen langen, nachdenklichen Blick auf seinen Fahrgast.

Das Taxi mit Gregor hält vor der Abflughalle, Gregor zahlt und betritt eilig das Gebäude.

An einem der Terminals wird ein *City-Jet* startklar gemacht.

Gregor bezahlt sein Ticket, läßt sich von der Boden-Stewardeß einen guten Flug wünschen und betritt über die *Gangway* seinen Flieger.

Am linken Triebwerk des *City-Jets* wird noch geschraubt, dann hebt der Techniker den Daumen, die Leiter wird eingefahren, der Reparaturwagen rollt weg.

Alle Passagiere haben ihre Plätze eingenommen, unter ihnen Gregor, der sichtlich gute Laune hat und mit den Stewardessen scherzt.

Der *City-Jet* holpert aufs Rollfeld hinaus. Es ist schon fast dunkel, ein paar letzte Strahlen der untergehenden Sonne färben die Wolken rosa, als der *City-Jet* beschleunigt, abhebt und steil in den Himmel steigt.

Die Passagiere dösen vor sich hin, blättern in Geschäftspapieren, Zeitungen oder Zeitschriften, starren auf ihre Laptops oder versuchen zu schlafen. Das Geräusch der Triebwerke ist regelmäßig und so leise, daß man es gerade noch wahrnimmt, der *City-Jet* gleitet wie auf Schienen durch die herabgesunkene Nacht. Dann das plötzliche Absacken in ein Luftloch, das hysterische Aufheulen und Pfeifen der Turbinen, das Flugzeug wird durchgerüttelt und kommt ins Trudeln.

Die Passagiere schrecken hoch, die meisten halten sich mit weißen, starren Gesichtern an den Sitzlehnen fest und schauen wild um sich, einige geraten in Panik, fangen an zu schreien und werden von verängstigten Sitznachbarn laut und aggressiv zur Ruhe ermahnt.

Wie gelähmt hält Gregor die Augen geschlossen, als rechne er jeden Augenblick mit einem Aufprall auf die Erde.

Der Pilot meldet sich über die Bordlautsprecher und versucht seiner Stimme einen beruhigenden Klang zu geben, doch man spürt deutlich seine Anspannung. "Meine Damen und Herren, bitte bewahren Sie die Ruhe, es gibt keinen Grund zur Panik... wir sind in unvorhersehbare Turbulenzen geraten und haben ein kleines technische Problem. Um dies zu beheben, landen wir auf dem nächstgelegenen Flughafen. Bitte wenden Sie sich jederzeit vertrauensvoll an die Crew..."

Die Geräusche der Triebwerke normalisieren sich allmählich, scheinen aber Aussetzer zu haben. Das Rütteln wird schwächer, nur ab und zu sackt der Jet noch in ein Luftloch. Die Passagiere entspannen sich, wappnen sich aber insgeheim gegen ein neues Inferno.

Der *City-Jet* landet sicher auf dem Rollfeld, fährt sofort zu einem bestimmten Terminal, wo schon ungewöhnlich viele Wartungsfahrzeuge stehen. Die Passagiere verlassen in auffälliger Eile das Flugzeug.

Den Passagieren des umgeleiteten Fluges, die auf ihr Gepäck warten, werden über Lautsprecher verschiedene Angebote gemacht: Weiterbeförderung mit Bus oder Bahn, Übernachtungsmöglichkeit mit

Weiterflug früh am nächsten Morgen, alles zu Lasten der Fluggesellschaft.

Gregor sieht auf die Uhr und schaltet sein Handy ein. "Hey, Mona, unser Flug hatte ein technisches Problem, wir sind in N. notgelandet..."

Mona ist zu Hause, hat sich schon zurechtgemacht und schiebt gerade eine selbstgemachte Lasagne in den Backofen. "Gregor? Das ist ja entsetzlich... "

"Halb so wild... hör mal, das Hotel, in dem wir uns zum erstenmal trafen, ist auf halbem Weg zwischen dem Flughafen und deiner Wohnung... warum treffen wir uns nicht dort? Ich besorge mir einen Leihwagen..."

Monas Gesicht hellt sich wieder auf. "Bin schon unterwegs..."

"Kann's kaum erwarten, deine Samthaut zu streicheln..."

Es ist eine Vollmondnacht, alles Helle wird übertrieben reflektiert und schwebt wie losgelöst von der Erde an Gregor vorbei, Häuser, Kiesgruben, Flüsse, Moorseen, Feldwege. Gregor hört Musik und genießt es, durch die Nacht zu gleiten, nur ab und zu kommt ihm ein anderes Auto entgegen. Gregor setzt sein *Headset* auf und wählt die programmierte Nummer von Mona.

Mona sitzt entspannt am Steuer, auch sie hat ein *Headset* auf, an ihr ziehen ähnliche Landschaften vorbei wie bei Gregor. Monas Handy klingelt, sie drückt auf Empfang und lächelt, als sie Gregors Stimme vernimmt. "Wer zuerst ankommt, bestimmt, was läuft..."

"Als ob das eine Rolle spielte..."

Gregor haucht einen Kuß ins Mikro, unterbricht den Empfang und drückt aufs Gas. Von hinten nähert sich plötzlich mit großer Geschwindigkeit ein dunkler *Van*, fährt dicht auf, läßt sich wieder zurückfallen und wiederholt das Spiel.

Gregor sieht irritiert in den Rückspiegel, bremst ab, um den *Van* vorbeizulassen, doch er bleibt stur hinter ihm.

Gregor beschleunigt wieder, sieht, wie aus einer Nebenstraße rechts vor ihm ein Auto in seine Fahrtrichtung in die Landstraße einbiegt und weit voraus ein Laster entgegenkommt.

Gregor gibt entschlossen Gas, überholt das Auto vor ihm, schaut reflexartig hinüber und sieht mit Bestürzung Mona hinter dem Steuer, kann den Überholvorgang aber nicht mehr abbrechen.

Mona blickt ebenso reflexartig zum überholenden Auto hinüber, erkennt Gregor, lächelt ihm zu und kann seinen starren, erschrockenen Ausdruck nicht verstehen.

Gregor schafft es gerade noch, vor dem entgegenkommenden Laster einzuscheren, muß aber im Rückspiegel mit Entsetzen mitansehen, wie auch der *Van* Mona überholt und, um nicht frontal in den Laster zu rasen, Mona brutal an den rechten Straßenrand abdrängt, sodaß sie die Beherrschung über ihr Auto verliert, hinaus aufs offene Feld rast und sich mehrmals überschlägt.

Gregor tritt auf die Bremse, und der *Van* schießt mit hoher Geschwindigkeit knapp an ihm vorbei, und wie in Trance merkt sich Gregor das im Mondlicht aufblitzende Kennzeichen: AW 6783.

Gregor setzt mit heulendem Motor zurück bis auf die Höhe von Monas Auto, parkt auf dem Feld und steigt aus.

Gregor rennt auf das mondhelle Feld und entdeckt Mona in einigem Abstand von ihrem Auto, sie wurde offensichtlich hinausgeschleudert, als es sich überschlug. Eine Stichflamme schießt aus der Motorhaube, dann explodiert der Tank, als sich Gregor angstvoll neben Mona niederkniet. Monas Augen sind geschlossen, doch ihre Lider flattern, und sie bewegt sich leicht, als Gregor sie anspricht.

Gregor drückt auf seinem Handy die Notruftaste, doch die Verbindung ist schlecht.

Gregor hebt Mona hoch, trägt sie zu seinem Auto, bettet sie behutsam auf den Beifahrersitz und setzt sich ans Steuer.

Gregor fährt vorsichtig auf die Landstraße zurück und beschleunigt allmählich. Mona stöhnt und windet sich, doch sie scheint nicht in einem lebensbedrohlichen Zustand zu sein.

Gregor fährt mit angehaltenem Atem. Ein Ortsschild kündigt eine Kleinstadt an, vor der nächsten Straßenkreuzung weist eine Tafel zu einer Kreisklinik, Gregor biegt entschlossen ab, Monas Zustand scheint unverändert.

Gregor hält bei der Notaufnahme, Helfer eilen heraus, legen Mona auf eine Bahre und bringen sie rasch ins Innere. Gregor parkt seinen Leihwagen und folgt Mona in die Klinik.

Mona ist von oben bis unten eingehüllt in Verbände, von ihrem Körper führen Schläuche zu allen möglichen Apparaten, nur ein Teil der linken Gesichtshälfte und das linke Auge, stumpf und blicklos, sind zu sehen.

Gregor starrt durch die dicke Glasscheibe unverwandt auf die reglose Gestalt, als sich von hinten zwei Uniformierte nähern. "Gregor Winter? Wir haben ein paar Fragen an Sie..." Die beiden Uniformierten bitten Gregor Platz zu nehmen und ziehen ihre Stühle mit ernster Miene nahe an ihn heran. Der Ältere beginnt die Befragung. "Zunächst einmal würde uns interessieren, in welchem Verhältnis Sie zu der Verunglückten stehen..."

Gregor, dem man die Anspannung ansieht, ist froh, durch das Reden endlich etwas von dem Druck loszuwerden. "Wir sind befreundet, wir wollten uns unweit von hier im Hotel *Goldener Krug* treffen..."

Der Jüngere wirft einen Blick auf Gregors Ehering, was diesem nicht entgeht. "Sie sind verheiratet?"

"Ja, bin ich..."

Die beiden Beamten wechseln einen Blick, der Ältere fährt fort. "Können Sie uns kurz schildern, wie es zu dem Unfall kam?"

"Mona kam von Süden und bog vor mir in die Landstraße ein... ich wurde schon länger von einem schwarzer *Van* verfolgt und bedrängt, keine Ahnung warum... Ich überholte das Auto vor mir und sah erst, als ich auf gleicher Höhe war, daß Mona darin saß... Ich scherte vor einem entgegenkommenden Laster wieder ein, als der *Van* Mona ebenfalls noch überholte, und um nicht in den Laster zu rasen, drängte er Monas Auto brutal von der Straße..."

"Kennzeichen?" Wieder der Jüngere.

"AW 6783."

Der Jüngere steht auf, holt sein Handy hervor, geht ein paar Schritte und spricht in sein Telefon, der Ältere sieht Gregor prüfend an.

Der Jüngere kommt zurück und schüttelt den Kopf. "Es gibt keinen *Van* mit diesem Kennzeichen, ein solches Kennzeichen ist nirgends registriert."

Gregor kann es nicht fassen. "Aber ich habe dieses Kennzeichen deutlich im Mondlicht gesehen!"

Die beiden Beamten wechseln wieder einen Blick, und der Ältere fährt fort. "Wissen Sie, daß Ihre Freundin schwanger ist?"

Gregor ist nahe daran, in Panik zu geraten. "Mona ist... schwanger? Warum ist das auf einmal so wichtig?" Der Ältere sieht ihn forschend an. "Sie glauben doch nicht etwa, *ich* hätte Mona von der Straße abgedrängt..."

Die beiden Uniformierten stehen auf. "Wir glauben gar nichts... lassen Sie uns einfach mal Ihren Leihwagen anschauen...".

Die beiden Polizisten inspizieren akribisch Gregors Leihwagen, finden aber nicht den geringsten Lackkratzer, der ihren Verdacht bekräftigt hätte. Sie richten sich mühsam wieder auf und sehen Gregor skeptisch an. "Alles klar soweit... aber sorgen Sie dafür, daß Sie jederzeit erreichbar sind, und verlassen das Land nicht..."

Gregor nickt, und der Ältere, der sich schon abgewendet hat, dreht sich nochmal um. "Ach, und noch etwas... wer kümmert sich jetzt um das Opfer?"

"Ich habe ihre Schwester verständigt, ich bleibe solange, bis sie hier ist."

Wie betäubt fährt Gregor auf die Stadt zu, in der er wohnt, schon sieht man die Lichter der Vororte, als der dunkle *Van* mit dem Kennzeichen AW 6783 wieder hinter ihm auftaucht. Gregor ist wie elektrisiert und beschleunigt, um ihn abzuschütteln, doch d e r *Van* bleibt hinter ihm. Gregor fährt an den Straßenrand, der *Van* rollt langsam vorbei, fährt eine Weile voraus, läßt sich zurückfallen, und das gleiche Spiel beginnt von neuem.

Gregor kapiert, daß er dem *Van* offenbar folgen soll, fährt hinter ihm her und passiert das Ortsschild, das die Stadt ankündigt, in der er wohnt. Der *Van* beschleunigt plötzlich, Gregor hat alle Mühe, ihm zu folgen, und zu seiner Überraschung biegt er auf einmal in die Straße ein, an deren Einbiegung eine große Reklametafel für die Firma *GRUNDMANN BREMSEN* wirbt.

Der *Van* hat den Parkplatz erreicht und bleibt stehen. Eine dunkle Gestalt steigt aus und verschwindet rasch im Eingang, über dem ein Transparent hängt: *"25 Jahre Grundmann Bremsen"*. Im ersten Stock ist eines der Fenster erleuchtet. Gregor steigt ebenfalls aus und folgt der Gestalt ins Gebäude.

Gregor hastet durch die Gänge, kann aber die dunkle Gestalt nirgends entdecken. Unter der Tür des Chefbüros dringt ein schwacher Lichtschein hervor, Gregor atmet tief ein und greift nach der Klinke.

Joseph Grundmann, der am Schreibtisch gesessen und in Unterlagen gestöbert hat, steht halb auf, als die Tür plötzlich aufgerissen wird und unverhofft sein Schwiegersohn Gregor im Büro steht. Beide sind offenkundig erschrocken über ihr unerwartetes Zusammentreffen.

"Joseph! Was machst du hier? Warum bist du nicht auf der Jubiläumsfeier?"

"Und du solltest doch auf Geschäftsreise sein!"

Gregor kommt rasch näher und setzt sich seinem Schwiegervater gegenüber auf den Besuchersessel. "Die Verhandlungen haben nur einen Tag gedauert, sie sind begeistert von unserem neuen Produkt..." Gregor hebt den Kopf und wirft einen Blick auf die Papiere, die sein Schwiegervater in der Hand hält. "Überprüfst du wieder meine Arbeit? Glaubst du immer noch nicht, daß ich es besser kann?"

"Und du? Warum bist du hier? Nachsehen, ob ich endlich meine Nachfolge geregelt habe?"

Grundmann und Gregor sehen sich in unversöhnlicher Abneigung an, dann verzieht Grundmann plötzlich das Gesicht, greift sich ans Herz und stochert mit der anderen Hand vergeblich in einer Schublade herum. "Oh, mein Gott! Meine Tropfen...! Bitte, Gregor, im Handschuhfach... und ruf den Notarzt...!" Grundmann legt mit zitternder Hand seine Autoschlüssel auf den Schreibtisch.

Gregor steht auf und nimmt sie widerwillig an sich. "Immer, wenn wir dabei sind, uns auszusprechen, fängst du mit dieser Nummer an..."

Gregor erreicht den Parkplatz und sieht sich um, der *Van* ist verschwunden. Gregor öffnet die Tür zu

Grundmanns Auto, greift ins Handschuhfach, nimmt die Tropfen in die Hand, sieht zu dem schwach erleuchteten Fenster hoch und geht gemächlich zum Eingang zurück.

Gregor öffnet die Tür zum Chefbüro, Grundmanns heisere Stimme empfängt ihn. "Was ist mit dem Arzt?"

"Ist unterwegs..."

Grundmanns Gesicht ist blaurot verfärbt, mit letzter Kraft schluckt er seine Tropfen, sein Kopf sackt kraftlos zur Seite. Gregor faßt nach der Halsschlagader, spürt einen schwachen Puls, zieht hastig sein Handy hervor, entfernt sich von seinem Schwiegervater, wählt den Notruf und schirmt seine Stimme mit einer Hand ab. "Hallo? Hier *Grundmann Bremsen*, Amselweg 23, mein Schwiegervater hat einen Herzanfall..."

Gregor sieht reglos zu, wie die Sanitäter Grundmann heraus tragen und in die Ambulanz schieben, dann fährt der Krankenwagen mit Blaulicht und Sirene los, stößt beinahe mit einem Auto zusammen, das im gleichen Augenblick auf den Parkplatz einbiegt und direkt vor dem Eingang hält. Antonie Grundmann steigt aus, geht schnurstracks auf Gregor zu und starrt ihn voller Argwohn an. "Was ist passiert? Und warum bist du schon zurück?"

"Erkläre ich dir später... Joseph und ich haben uns unterhalten, und plötzlich bekam er einen Herzanfall..."

"Habt ihr euch wieder gestritten?"

"Nein, nicht mehr als üblich... aber er hatte seine Tropfen im Auto vergessen..."

Antonie sieht Gregor zweifelnd an. "Ich fahre jetzt zu ihm ins Krankenhaus und du gehst auf die Feier in der Villa... tu so, als sei alles in Ordnung... und vergiß nicht, daß Anja heute Geburtstag hat..."

Gregor weicht ihrem Blick aus und nickt. "Okay, wir sehen uns später..."

Gregor fährt durch die nachtleeren Straßen, sieht immer wieder in den Rückspiegel und sucht mit den Augen die Nebenstraßen ab, doch nirgends ist der dunkle *Van* zu sehen, der ihn verfolgt hat.

Die *Villa Grundmann* stammt aus der Gründerzeit und liegt in einem parkähnlichen Grundstück. Die Auffahrt und die Zufahrtsstraße davor sind hell erleuchtet und vollgeparkt mit Autos, auch hier weisen Transparente auf das 25-jährige Bestehen der *GRUNDMANN BREMSEN* hin.

Gregor quetscht sich in eine Lücke, kämmt sich mit den Händen, zupft Anzug und Krawatte zurecht und steigt aus. Aus dem Erdgeschoß der Villa dringt durch die Ritzen der Vorhänge helles Licht, Musik und erregte Stimmen sind zu hören.

Gregor strafft sich, dann geht er langsam auf das Hauptportal zu und entschließt sich im letzten Moment, einen Seiteneingang zu benützen, dessen Tür er mit einem Schlüssel aufsperrt. Gregor bemerkt den *Van* nicht, der hinter ihm in den Schatten zweier Bäume gleitet.

Gregor betritt vorsichtig das Haus, die Partygeräusche sind jetzt deutlich zu hören. Durch einen schmalen Flur, der zum Haupteingang führt, sieht man einzelne Gäste aufgedreht aus dem Festsaal kommen und sich in intimere Räume verdrücken, Andere eilen gerade hinein.

Gregor geht hastig eine gewundene Treppe hoch und will eben das Bad betreten, als er aus dem angrenzenden Zimmer, dessen Tür halb offen steht, die Stimmen seiner Kinder Beatrice und Thomas vernimmt.

Gregor will schon auf die Tür zugehen, als ihn das, was er hört, innehalten läßt. Beatrice redet gerade mit selbstgefälliger Stimme auf ihren Bruder ein. "...und wenn wir allein sind, sagt Papa immer, daß du eine Memme bist, und ich bin sein Engel, und wenn ich groß bin, werde ich Papa heiraten..." Thomas fängt an zu wimmern. "Das ist gar nicht wahr, Papa hat mich viel lieber als dich..."

Gregor wagt das Zimmer nicht zu betreten und geht leise die Treppe wieder hinunter.

Das Jubiläumsfest ist auf seinem Höhepunkt, die jüngeren Gäste tanzen ausgelassen, die älteren sitzen an weiß gedeckten Tischen, die im Laufe des Abends immer weiter an die Wände geschoben wurden, um Platz für die Tänzer zu schaffen, und sehen dem Treiben etwas ratlos zu, flüstern untereinander.

Anja begrüßt Gregor, als hätte sie ihn erwartet. "Gregor, da bist du ja endlich... komm, tanz mit mir...!" Sie ist wie aufgedreht, zerrt ihn auf die Tanzfläche und küßt ihn immer wieder leidenschaftlich.

Frank Hofer, Gregors alter Freund, zwängt sich durch die Tanzenden, offensichtlich betrunken, stellt sich den beiden in den Weg und drängt Anja ein Geschenk auf, einen silbernen Schlüsselanhänger in Form ihres Sternzeichens Krebs. "Hier, Anja, hab' ich extra für deinen Geburtstag besorgt..."

Anja weiß nicht so recht, wie sie reagieren soll. "Aber Frank... das wäre doch nicht nötig gewesen..."

Frank scheint ziemlich geladen zu sein, nicht nur vom Alkohol. "Na, was ist? Warum so abweisend zu einem alten Freund?" Frank läßt Anja den Anhänger anzüglich in ihren Ausschnitt gleiten.

Gregor faßt ihn freundschaftlich am Arm. "Hey, Frank... ich glaube, das reicht jetzt, wir wissen deine Verbundenheit wirklich zu schätzen..."

Auf Gregors Einmischung scheint Frank nur gewartet zu haben, ganz langsam, leicht schwankend, wendet er sich ihm zu und schiebt sein Gesicht nahe an ihn heran. "Ach, Herr Winter macht mir Vorhaltungen? Hast du vergessen, daß ich *vor* dir mit Anja befreundet war und ein gewisser Herr in meinem Namen eine Abschieds-Mail an sie geschrieben hat, als ich im Ausland war? Du hast sie mir ausgespannt und mich übel bei ihr verleumdet..."

Gregor macht einen Schritt zurück, sein Gesicht ist aschfahl, und seine Augen glühen vor unterdrückter Wut. "Laß gut sein, Frank..."

Unbeeindruckt wendet sich Frank an Anja. "Und weiß du was? Als Gregor mit dir Süßholz raspelte, hat er auch Melanie von *Möbel Thaler* angebaggert... ihm war egal, wer ihm zuerst auf die Leimrute kriecht, Hauptsache reiche Erbin..."

Anja öffnet geschockt den Mund und sieht von Frank zu ihrem Mann. Gregor wirft einen nervösen Seitenblick auf seine Frau. "Hör nicht auf ihn, Frank ist nicht bei Sinnen..."

Gregor versucht, Frank von der Tanzfläche zu drängen. "Halt jetzt bitte den Mund, bevor etwas Schlimmes geschieht..."

Frank stößt Gregors Hände heftig von sich. "Oh nein, mein Lieber, so leicht kannst du mich nicht mundtot machen..."

Gregor verliert die Beherrschung und schlägt Frank hart in den Magen. Frank krümmt sich zusammen, richtet sich langsam wieder auf, holt aus und trifft Gregor mit seiner Rechten hart im Gesicht.

Eine Schlägerei beginnt, die Gäste bringen sich in Sicherheit, die Musik bricht ab, am Ende geht Gregor schwer k.o.

Die Gäste steigen hastig in ihre Autos und fahren weg, es kommt zu einigen Beinahe-Zusammenstößen, wütendes, nervöses Hupen.

Das Fest ist zu Ende, alle Gäste sind gegangen, das Personal räumt leise auf. Draußen hört man noch vereinzelt Autotüren zuschlagen, Motoren aufheulen, Autos wegfahren.

Gregor kommt langsam zu sich, er liegt auf einem Sofa, nur Antonie ist bei ihm. Gregor richtet sich mühsam auf. "Was ist los? Wo bin ich?"

Antonie antwortet nicht, läßt ihm etwas Zeit, sich zu orientieren, dann rückt sie ihren Stuhl näher an ihn heran. "Joseph ist gestorben, sie konnten nichts für ihn tun..."

Gregor starrt Antonie verständnislos an und weiß nicht, was er sagen soll.

"Bitte, geh' nach Hause, ich möchte jetzt allein sein..."

Der Morgen graut, als Gregor in die Straße einbiegt, in der sein Haus steht. Polizeiautos und eine Ambulanz stehen davor – und der dunkle *Van*.

Ein Polizist hält Gregors Auto an. "Bitte wenden Sie, Sie können hier nicht durch..."

Gregor zeigt seinen Führerschein. "Ich bin Gregor Winter, ich wohne hier..."

Der Polizist beugt sich zu ihm herunter. "Ihre Frau hat bei der Heimkehr einen Einbrecher überrascht, der sie und die Kinder jetzt als Geiseln festhält... bitte halten Sie sich zu unserer Verfügung."

Gregor nickt, stellt seinen Leihwagen ab, entfernt sich unauffällig und schlüpft unbemerkt über eine Kellertür ins Haus.

Gregor sieht im Wohnzimmer einen Schatten, der durch die Vorhänge auf die Straße hinausschaut, und schleicht lautlos in das Zimmer hinauf, in dem Anja und die Kinder gefesselt liegen.

Gregor hat gerade noch Zeit für eine stumme, innige Umarmung, dann fliegt die Tür auf, Blendgranaten explodieren, ein harter Schlag reißt Gregor den Kopf zurück...

Gregor schlägt die Augen auf, er liegt am Rande einer Waldlichtung rücklings auf niedergedrücktem Buschwerk, Arme und Beine ausgebreitet wie ein Gekreuzigter, um ihn herum brennende und rauchende Flugzeugtrümmer, Helfer suchen fieberhaft nach Überlebenden, Gregor wird endlich entdeckt.

Gregor hat viele Wunden, auch Knochenbrüche und Verbrennungen, aber keine wirklich gefährlichen Verletzungen. Dank intensiver Pflege und begleitender Therapien verwandelt sich Gregor allmählich wieder in einen normalen Menschen zurück.

Seine Frau Anja kümmert sich aufopfernd um ihn und hält den Rummel von ihm fern, den die Medien um die wenigen Überlebenden des Flugzeugabsturzes entfesseln.

Gregors Kinder Thomas und Beatrice, die erst mißtrauisch das Mullbündel betrachten, das ihr Vater sein soll, gewöhnen sich mit jedem Verband, der abgenommen wird, wieder an seinen Anblick.

Frank Hofer, der leitende Ingenieur bei *GRUND-MANN BREMSEN* informiert Gregor laufend über den aktuellen Geschäftsgang.

Schließlich wird Gregor entlassen, und wie durch ein Wunder sind von seinen Wunden nur einige Narben übriggeblieben.

Gregor räkelt sich in einem Liegestuhl auf der Veranda und blättert in Geschäftsunterlagen, Beatrice und Thomas toben im Garten umher, Anja schneidet Blumen und hält eine Auge auf sie.

Gregor sieht immer wieder nachdenklich zu den Kindern, die ab und zu einen scheuen Blick auf ihn werfen.

Man hört ein Auto, das vor dem Haus hält, das Zuschlagen einer Autotür, dann das Auto, das weiter fährt.

Thomas und Beatrice rennen um das Haus herum zum Eingang, man hört sie lärmend ihre Oma begrüßen. "Oma, Oma, Oma...!"

Anja kommt mit einem Strauß Schnittblumen aus dem Garten und lächelt Gregor zu. "Wird Zeit, daß ich mich ums Essen kümmere..."

Anja, Gregor, Beatrice, Thomas und Antonie sitzen beim Essen, die Kinder sind aufgedreht und unruhig, die Erwachsenen schweigsam.

Anja legt ihr Besteck neben ihren Teller und sieht streng von Beatrice zu Thomas. "Kinder, jetzt eßt mal anständig, warum seid ihr so aufgedreht?"

Thomas und Beatrice schauen erst sie an, danach verstohlen und scheu ihren Vater und kichern, sind dann aber ruhiger.

Antonie sieht prüfend von den Kindern zu Gregor, der zu spüren scheint, daß er von seiner Familie wie ein Fremdkörper wahrgenommen wird und sich allmählich auch so fühlt.

Um seiner Schwiegermutter zuvorzukommen, richtet sich Gregor rasch auf und wendet sich an sie. "Anja hat dir die Topfpflanzen besorgt, die du dir

gewünscht hast... erinnere mich daran, sie mitzuneh-
men, wenn ich dich nach Hause fahre..."

Gregor sitzt ruhig am Steuer, Antonie und er hängen beide ihren Gedanken nach. Gregor versucht, so
viel Normalität wie möglich auszustrahlen, doch Antonie entgeht seine Anspannung nicht. "Wie fühlst du
dich nach diesem schrecklichen Ereignis, brauchst
du keine ärztliche Hilfe?"

Gregor ist gleichzeitig erleichtert und auf der Hut
bei dieser Frage. Erleichtert, weil ihn endlich jemand
direkt anspricht auf sein entsetzliches Erlebnis, und
auf der Hut, weil es seine Schwiegermutter ist, die
diese Frage stellt, und er nicht weiß, was sie damit
bezweckt. "Ich habe nicht die geringste Erinnerung
an den Absturz, aber   vieles aus meinem Leben, an
das ich mich nicht mehr erinnern konnte, ist mir kurz
vor der Katastrophe wie ein Film durch den Kopf ge-
schossen..."

Antonie sieht Gregor fragend an, wartet auf die
Fortsetzung.

"...aber das Unheimliche ist, daß ich keine Emp-
findungen mehr habe, weder Freude noch Angst, ich
sehe alles aus weiter Ferne oder wie durch ein
Brennglas, je nachdem, als ob ich gar nicht mehr auf
dieser Erde weilte..."

"Du wirst viel Zeit brauchen, bis du wieder im
Alltag angekommen bist..."

"Ja, wahrscheinlich... morgen fange ich wieder im Betrieb an, vielleicht hilft es mir, wenn ich mich mit Arbeit ablenke..."

Gregors Wagen hält vor dem Tor der *Villa Grundmann*, das sich langsam öffnet. Der Wagen fährt hindurch, das Tor schließt sich wieder.

Gregor trägt die Topfpflanzen herein, und Antonie zeigt ihm, wo er sie absetzen soll. Gregor wendet sich zum Gehen, Antonie hält ihn zurück. "Sag mal Gregor, es geht mich zwar nichts an, aber liebst du Anja? Ist zwischen euch alles in Ordnung? Du weißt, sie ist mein einziges Kind, und ich möchte, daß sie glücklich ist."

Gregor hält überrascht inne. "Ja, natürlich, warum fragst du gerade jetzt?"

"Vor deinem entsetzlichen Unfall gab es Spannungen, erinnerst du dich nicht mehr?"

"Ich war sehr beschäftigt..."

"Das war es nicht allein... Anja ist absolut loyal, sie würde dir nie Vorwürfe machen..."

"Nur bei dir hat sie sich beklagt..."

"Sie hat sich nicht beklagt, sie hat sich nur ausgeweint..."

Gregor lehnt sich an den Türrahmen und verschränkt die Arme vor der Brust. "Gab es einen

Grund, außer daß ich mich nicht genug um sie kümmerte?"

Antonie setzt sich müde auf einen Sessel im Vestibül. "Als Joseph noch lebte, gab es doch dauernd Streitereien zwischen euch... das hat nicht nur mich belastet..."

"Was willst du damit sagen...?"

"Als er seinen Herzanfall bekam und du das Medikament holtest, das er im Auto vergessen hatte..."

"...da hatten wir auch gestritten, das habe ich dir doch erzählt..."

"...du hast aber auch behauptet, du hättest den Notarzt angerufen, bevor du zu seinem Auto gingst..."

"Ja, und?"

"Kaum warst du aus der Tür, hat er mich angerufen, sonst wäre ich ja wohl kaum so schnell bei euch gewesen..."

"Ich weiß noch immer nicht, worauf du hinauswillst..."

"Zwischen dem Anruf bei mir und dem Anruf beim Notarzt vergingen mehr als fünf Minuten..."

"Willst du damit sagen, ich wollte, daß Joseph stirbt?"

"Nein... aber du hast nicht die Wahrheit gesagt..."

"Du hast also Recherchen angestellt... weiß Anja davon?" Gregor hebt den Kopf und versucht in Antonies Gesichtsausdruck zu lesen, doch ihre Miene bleibt unergründlich. Er stößt sich vom Türrahmen ab, läßt die Arme sinken und und geht unsicher ein paar Schritte von Antonie weg. "Ich gebe zu, ich war wütend auf ihn, weil er einfach kein Vertrauen hatte in die Innovationen, die ich für nötig hielt, und es war nicht das erste Mal, daß er eine Unterredung abbrach, weil ihm angeblich nicht wohl war, aber..."

"Aber?"

Gregor dreht sich kraftlos und fast flehend zu Antonie um. "...aber mir Absicht zu unterstellen..."

Antonie, klein und gebrechlich, richtet sich in dem Sessel im Vestbül auf und sieht Gregor zweifelnd an. "Nein?"

Gregor fährt in die Garage seines Bungalows und bleibt im Dunkeln eine Weile wie versteinert sitzen.

Anja liegt schon im Bett, als Gregor aus dem Bad kommt und auf seiner Seite unter die Decke schlüpft.

Gregor will Anja in die Arme nehmen und registriert, wie sie sich beherrscht, um unter seiner Berührung nicht zusammenzuzucken.

"Entschuldige, ich habe schon geschlafen..." Anja drückt Gregor einen flüchtigen Kuß auf die Wange und dreht sich auf die andere Seite. "Gute Nacht..."

"Gute Nacht..." Gregor bleibt mit offenen Augen auf dem Rücken liegen.

Anja sitzt mit den Kindern beim Frühstück und ermahnt sie mit künstlicher Munterkeit. "Los, ihr Schnecken, beeilt euch, der Bus wartet nicht ewig auf euch..."

Gregor kommt ins Wohnzimmer, küßt Beatrice auf die Stirn und gibt Thomas einen Klaps auf den Hintern. "Tut, was eure Mama euch sagt..."

Die Kinder rennen zum Bus, der eben vor dem Bungalow angehalten hat, und steigen ein.

Anja wendet sich mit einem angestrengt strahlenden Lächeln an ihren Mann. "Willst du nicht frühstücken?"

"Nein, ich bin viel zu nervös..." Gregor trinkt im Stehen einen Kaffee, zieht seine Jacke an und macht sich zum Gehen fertig.

Anja folgt Gregor in die Diele und küßt ihn vollendet zart auf den Mund. "Ich wünsche dir einen gelungenen Neustart..."

Gregor öffnet verwirrt die Haustür. "Anja, was ist los? Ich komme mir vor wie in der *Truman Show!*"

Gregor fährt auf seinen markierten Parkplatz bei *GRUNDMANN BREMSEN*, steigt aus und mustert lange das ganze Gelände, bevor er auf den Eingang zu geht.

Gregors Sekretärin ist dabei, frische Blumen auf seinem Schreibtisch zu ordnen und eine Karte mit der Unterschrift der Belegschaft dazu zu legen, in der er herzlich willkommen geheißen wird, als Gregor betont schwungvoll das Büro betritt.

Die Sekretärin wendet sich fast scheu an Gregor. "Oh, Herr Winter, schön, daß Sie wieder bei uns sind... die gesamte Belegschaft wartet in der Montagehalle auf Sie..."

In der Montagehalle hat die Belegschaft Transparente aufgespannt, die Gregor herzlich willkommen heissen.

Gregor tritt an das kleine Pult, das extra für ihn hingestellt wurde, und richtet das Mikro auf seine Höhe ein. "Ich möchte nicht viele Worte machen, jeder weiß ja, daß es nicht selbstverständlich ist, daß ich wieder hier vor Ihnen stehe – und ich hoffe, Sie können sich noch an mich erinnern..."

Leises Murmeln in der Belegschaft, dann fährt Gregor fort. "Ihnen allen einen ganz großen Dank, daß Sie in der Zwischenzeit einfach weitergemacht haben, als sei nichts geschehen, die Produktivität des Betriebs hat während meiner Abwesenheit zu keiner

Zeit gelitten... herzlichen Dank noch einmal und auf eine weitere gute Zusammenarbeit..."

Die Mitarbeiter applaudieren seltsam verhalten und gehen sofort wieder an ihre Arbeit zurück.

Gregors Antlitz verdüstert sich, was Frank Hofer nicht entgeht, der im Hintergrund gewartet hat. Er faßt Gregor am Arm und begleitet ihn zu dessen Büro zurück. "Mach dir keine Gedanken, die Leute haben nur ihre Arbeit im Kopf... der neue Stoßdämpfer ist eine echte Herausforderung... ist doch eigentlich ein gutes Zeichen, daß sie nicht jede Gelegenheit zum Feiern nutzen..."

Gregor lächelt Frank schief zu. "Wer einen Flugzeugabsturz überlebt, ist ja auch ein bißchen wie ein Zombie..."

Vor seinem Büro bleibt Gregor stehen und wendet sich ernst an Frank. "Komm doch heute abend zum Essen zu uns, ein bißchen feiern ist *uns* sicher erlaubt..."

Frank klopft Gregor freudig auf den Rücken. "Aber klar doch..."

Gregor biegt mit seinem Auto in die Straße ein, in der sein Haus steht, öffnet mit der Fernbedienung die Garage und fährt hinein. Dieser ganz normale Vorgang wirkt, wie schon am Abend davor, irgendwie wie ferngesteuert.

Anja ist dabei, in der geräumigen Küche das Abendessen zuzubereiten, Beatrice und Thomas rennen um sie herum und stopfen sich Schokostreusel in den Mund, die zur Dekoration für den Nachtisch gedacht sind. "Hört endlich auf mit dem Naschen!"

Gregor betritt das Haus, die Kinder hören sofort auf zu toben und verziehen sich ins Wohnzimmer.

Anja gibt Gregor lächelnd einen Kuß. "Kümmerst du dich um den Wein? Und bring doch bitte die Kinder ins Bett... sie sind völlig überdreht..."

Im Wohnzimmer ist der Tisch schon gedeckt, Gregor öffnet eine Rotweinflasche, die auf der Anrichte steht, und dekantiert sie in ein bauchiges Kristallgefäß. "Na, Kinder, was habt ihr den ganzen Tag denn so getrieben?"

Beatrice baut sich sofort vor ihrem Vater auf. "Ich durfte meinen Aufsatz über das Katzenbaby vorlesen, und Benny mußte sich in die Ecke stellen, weil er dauernd getuschelt hat..."

Gregor fährt Beatrice anerkennend übers Haar. "Gut gemacht, meine Große... und du Thomas, wie war's im Kindergarten?"

Thomas rutscht unbehaglich auf der Couch herum. "Ist doch sowieso immer das gleiche..."

Gregor hebt die Weinkaraffe hoch und begutachtet sein Werk. "So, es ist Zeit, ins Bett zu gehen, wir bekommen noch Besuch..."

Thomas sieht seinen Vater nur finster an, Beatrice protestiert lautstark. "Es ist doch noch gar nicht dunkel draußen..."

"Aber bald..."

Gregor scheucht die Kinder im Spaß wie eine Herde Gänse aus dem Zimmer.

Gregor schlägt gerade die Bettdecke zurück, als Beatrice im Nachthemd zur Tür herein stürmt, ihre Puppen einsammelt und ins Bett springt.

Gregor gibt ihr einen Gute-Nacht-Kuß, Beatrice zuckt leicht zurück und sieht ihren Vater aus hellen, klaren Augen an. "Papa, du riechst so komisch..."

Gregor zwingt sich zu einem Lächeln. "Tut mir leid, Schatz, das kommt wohl von den Medikamenten... aber das geht wieder vorbei..." Gregor deckt Beatrice zu, beim Hinausgehen liegt ein bitterer Zug um seinen Mund.

Thomas liegt schon in seinem Bett, die Decke bis zum Kinn heraufgezogen, als Gregor herein kommt.

Gregor setzt sich behutsam zu ihm. "Sag mal, Thommy, bedrückt dich etwas? Du bist so still in letzter Zeit..."

Thomas starrt seinen Vater nur mit großen Augen an und schüttelt stumm den Kopf.

Gregor fährt Thomas mit den Fingern durchs Haar. "Soll ich dir etwas vorlesen?"

Thomas schüttelt wieder nur den den Kopf.

"Dann gute Nacht..."

Gregor ist schon an der Tür, als er Thomas' leise Stimme hört. "Papa? Kannst du Mama zu mir schicken? Sie soll mir auch gute Nacht sagen...".

Gregor spürt die Ablehnung hinter dieser Bitte und muß sich beherrschen, seine Wut darüber nicht umgehend auf seinem Sohn abzuladen. "Klar, sag' ich ihr..."

Das Essen ist schon länger im Gange und die Stimmung nicht nur wegen des guten Weins und der exquisiten Speisen angeregt. Es ist seit Gregors Rückkehr aus dem Krankenhaus das erste heiter-entspannte Zusammensein mit einem Gast. Die Unterhaltung ist ungezwungen und sprunghaft und verrät ein hohes Maß an Vertrautheit zwischen Frank, Anja und Gregor, auch wenn Gregor das Gefühl einer gewissen Gezwungenheit ihm gegenüber nicht los wird.

Anja wendet sich eben spaßhaft an Frank, mit einem schelmischen Seitenblick auf Gregor. Franks noch immer andauerndes Single-Dasein und sein früheres Interesse an Anja ist ein dankbares Dauerthema. "...und auch wenn Gregor das nicht gerne hört, aber einen so zuverlässigen und dazu noch so gutaussehenden Freund zu haben, dem man alles anvertrauen kann..."

Gregor spielt das Spiel mit, er fühlt sich jedoch nicht sonderlich behaglich dabei. "...hoffentlich mit Ausnahme der intimsten Geheimnisse..."

"...wünscht sich jede verheiratete Frau... und es hätte ja nicht viel gefehlt, und es wäre beinah' ganz anders ausgegangen..."

Frank lächelt verhalten, auch er scheint sich bei der Richtung, die diese Unterhaltung nimmt, nicht besonders wohl zu fühlen. "Na ja, ich mußte ja unbedingt nach England, und aus der Ferne hat man schlechte Karten..."

"Schlechte Karten? Aber man kann doch schreiben..." Anja ist erhitzt vom Wein, doch es scheint sie noch etwas anderes anzutreiben.

Frank wirft einen besorgten Blick auf Gregor, der bleich und reglos das mutwillige Spiel seiner Frau verfolgt. "Ich habe dir doch geschrieben, sehr oft sogar, bis ich von dir erfuhr, daß du dich für Gregor entschieden hast..."

Anja sieht Frank verblüfft an. "Das soll ich dir geschrieben haben?"

"Glaubst du, ich hätte sonst aufgehört, mich um dich zu bemühen?"

Gregors leise Stimme läßt sich vernehmen. "Laßt uns doch einfach den Abend genießen, bevor dieses Gespräch endgültig entgleist..."

Frank sieht aufgewühlt von Gregor zu Anja, scheint Gregor gar nicht zu hören und greift in die Brusttasche seines Jacketts. "Hier, ihr werdet lachen, aber diese E-Mail trage ich dauernd mit mir herum..." Frank faltet den Computer-Ausdruck auseinander und reicht ihn Anja hinüber.

Anja liest begierig die wenigen Zeilen und sieht in aufsteigender Wut ungläubig von Frank zu Gregor. "Warst du das?"

"Warst du was?"

"Hast du das geschrieben?"

Gregor sieht angelegentlich auf seinen Teller.

"Gregor?"

Gregor braust plötzlich auf. "Ja, ich war das! Es war meine einzige Chance!"

Anja steht langsam auf, wie in Trance, wirft die ausgedruckte E-Mail auf den Tisch und flieht förmlich aus dem Zimmer. Im Schlafzimmer wirft sie sich besinnungslos aufs Bett, vergräbt ihr Gesicht in den Kissen und schluchzt hemmungslos.

Frank ist kreidebleich geworden, sitzt wie erstarrt am Tisch und sieht Gregor fassungslos an. Er will etwas sagen, läßt es dann aber, greift nach dem Computer-Ausdruck, steckt ihn wieder ein, steht auf und geht mit steifen Schritten hinaus, ohne Gregor noch einmal anzusehen.

Gregor wartet mit gesenktem Kopf auf das Anspringen des Motors von Franks Auto, das Aufheulen und Wegfahren, dann stürzt er sein Glas Wein in einem Zug hinunter.

Als Gregor geräuschlos das Schlafzimmer betritt, sitzt Anja im Dunklen auf dem Bett, die Arme um die Beine geschlungen, die Stirn auf den Knien. Sie ist im Nachthemd und weint nicht mehr.

Gregor schließt die Tür und setzt sich auf den Bettrand. "Es tut mir alles unendlich leid... kannst du mir verzeihen?"

Anjas Stimme ist tonlos. "Es ist bitter für mich zu erfahren, daß es dir offenbar nur um die Firma gegangen ist, wie meine Eltern immer geargwöhnt haben..."

"Ich gebe zu, ich habe damals auch an den Betrieb gedacht, doch meine Gefühle für dich und die Kinder haben sich längst geändert, ihr seid jetzt das Wichtigste in meinem Leben..."

Anja sieht Gregor müde an. "Wie kann ich sicher sein, daß du das nicht einfach nur behauptest?"

Gregor will Anja berühren, doch sie zuckt zurück. "Ich werde mit den Kindern für eine Weile zu meiner Mutter ziehen, dann sehen wir weiter..."

Gregor steht schwerfällig auf, bleibt kurz an der Tür stehen und geht aus dem Zimmer, als von Anja nichts mehr kommt.

Anja läßt sich auf den Rücken fallen, streckt die Beine langsam aus und zieht die Decke über sich.

Gregor fährt auf seinen Parkplatz bei *GRUND-MANN BREMSEN*, steigt aus und sieht sich um, als müßte er sich das alles für ewig einprägen, bevor er entschlossen den Eingang betritt.

Die Sekretärin empfängt Gregor freundlich und zuvorkommend wie immer.

Gregor tritt in seinem Büro nachdenklich ans Fenster, sieht in den Hof hinunter und erstarrt. Unmittelbar neben dem Eingang parkt ein schwarzer *Van* mit dunklen Scheiben und dem Kennzeichen AW 6783.

Gregor fällt es plötzlich wie Schuppen von den Augen, er geht hastig zu seinem Schreibtisch und zieht seinen Tischkalender zu sich heran: Der 6. Juli in ein paar Tagen ist mit einem roten Herzen eingekreist, es ist der Geburtstag seiner Frau, Anja Winter, 6.7.83.

Gregor geht wieder zum Fenster, doch der *Van* ist verschwunden.

Im selben Augenblick klopft es an die Tür, und die Sekretärin führt Frank Hofer und den Prokuristen herein.

Gregor bittet die Sekretärin zu bleiben und vermeidet den Blickkontakt zu Frank. "Es wird Sie vielleicht überraschen, aber ich werde für eine Weile eine Auszeit nehmen... ich habe volles Vertrauen zum Management und zur Belegschaft, bisher ist ja auch alles zu meiner Zufriedenheit gelaufen..."

Der Prokurist sieht verwirrt von einem zum anderen. "Ja, aber..."

Gregor weist lächelnd auf Frank. "Frank Hofer wird mich vertreten, halten Sie sich an ihn..."

Der Prokurist und die Sekretärin verlassen wortlos das Büro.

Frank sieht Gregor fragend an, doch Gregor lächelt nur und klopft ihm freundschaftlich auf die Schulter. "Es ist alles geregelt, ich habe für dich eine Vollmacht hinterlegt..."

Gregor steigt in sein Auto und fährt ziellos durch die Stadt, immer wieder blickt er in den Rückspiegel, späht in Seitenstraßen, beobachtet den Gegenverkehr, doch nirgends ist ein schwarzer *Van* mit dunklen Scheiben zu sehen.

Gregor parkt gegenüber von dem Haus, in dem Mona wohnt, sieht Mona aus dem Tür kommen und will schon aussteigen um ihr entgegen zu gehen, als unmittelbar vor dem Eingang ein junger Mann, der neben seinem Auto auf sie gewartet hat, Mona an sich zieht, sie heftig umarmt und küßt, sie lässig in sein Auto schiebt und mit ihr wegfährt.

Auf Gregors Gesicht erscheint ein stilles, bitteres Lächeln.

Gregor biegt in die Straße ein, in der sein Bungalow liegt. Anjas Wagen parkt vor dem Haus, die Tür geht auf, und Anja kommt mit Thomas und Beatrice heraus, alle tragen Gepäckstücke, verstauen sie im Kofferraum und steigen ein.

Gregor und Anja fahren wie in Zeitlupe aufeinander zu und aneinander vorbei, Beatrice und Thomas starren mit großen Augen zu ihrem Vater herüber.

Gregor fährt in die Garage, das Tor schließt sich hinter ihm, das übliche Ritual.

Gregor geht unruhig durch den Bungalow, in dem hier und dort ein kleines Licht brennt, nimmt eine Bluse von Anja in die Hand, riecht daran, spielt im Zimmer von Beatrice mit einer Puppe, betrachtet im Zimmer von Thomas lange eine Zeichnung, die an der Wand hängt, dann geht er ins Wohnzimmer und starrt lange reglos in die dunkle Nacht hinaus.

Das Telefon klingelt, Gregor nimmt hastig den Hörer ab, doch es ist nicht Anja.

"Gregor Winter?"

"Ja..."

"Bitte legen Sie nicht auf, es könnte wichtig für Sie sein... einige der Menschen, die beim Flugzeugabsturz überlebten, treffen sich regelmäßig hier bei mir, aber auch andere, die ähnlich Schreckliches durchgemacht haben..."

"Ja, und?"

"Jeder versucht, irgendwie damit fertigzuwerden, aber glauben Sie mir, ein Gespräch mit Schicksalsgenossen wirkt manchmal Wunder..."

"Mir geht es gut, ich habe keine Probleme..."

"Sind Sie sicher?"

Gregor läßt das Telefon sinken, hebt es dann wieder ans Ohr. "Wie ist die Adresse?"

Gregor fährt suchend durch die Straßen. Aus der Dunkelheit tauchen imposante, von üppigen Gärten umgebene Häuser auf, schließlich hält Gregor vor einem schloßähnlichen Anwesen, das ganz im Dunklen liegt und direkt an einen Wald grenzt. Gregor parkt sein Auto und geht die Stufen auf die Haustür zu.

Gregor klingelt an der Haustür, ein eunuchhafter Diener in einem orientalischen Gewand öffnet.

"Gregor Winter..."

Gregor wird in einen Saal geführt, der überreichlich mit Teppichen, Sesseln, Sofas und an den Wänden mit Gobelins und düsteren alten Gemälden ausgestattet ist und von mächtigen Fackeln erhellt wird.

In der Mitte, auf einem flauschigen Teppich auf weichen Sitzkissen einen Kreis bildend, sitzt ein gutes halbes Dutzend Gäste im Schneidersitz.

Ein alter Mann mit einem weißen Bart, in einen weißen Kaftan gehüllt, macht Gregor ein Zeichen, Platz zu nehmen.

Gregor setzt sich und betrachtet verstohlen die Anwesenden.

Da ist eine etwa vierzigjährige verhärmte Frau in Jeans und T-Shirt, die ein Mädchen von etwa drei Jahren auf dem Schoß hält, ein fünfzigjähriger Mann mit Brille und Anzug, ein zwanzigjähriger junger Mann, der völlig verwahrlost aussieht, ein tränenüberströmtes Ehepaar um die sechzig und eine alterslose, dickliche Frau in einem sackähnlichen, schmucklosen Kleid, augenscheinlich ein Medium.

Das Medium ist gerade dabei, die Geister von zwei Verstorbenen zu beschwören, offenbar die beiden Kinder des still vor sich hin weinenden Ehepaares. "Wir sind hier versammelt, um dich, Sabine, und dich, Alexander, zu bitten, euren Eltern ein Zeichen zu geben, daß es euch gutgeht in der Welt, in der ihr euch jetzt befindet..."

Gregor sieht eine Weile zu, halb fasziniert, halb abgestoßen von dieser Zeremonie, dann steht er lautlos auf und zieht sich unauffällig zurück.

Gregor durchschreitet die Vorhalle in Richtung Eingangsportal, als ihm eine junge, schwarzhaarige Frau in einem wunderschönen roten Sari entgegen kommt.

"Ich bin Letizia, ich vermute, mein Onkel hat Sie angerufen..."

Gregor bleibt in stummer Bewunderung stehen.

"Das ist der ältere Mann mit den weißen Haaren..." Letizia mustert Gregor mit wachen Augen. "Ich nehme an, Sie sind auch ein Überlebender des Flugzeugabsturzes... mein Onkel hat dabei seine Frau verloren..."

"Das tut mir leid..."

"...jetzt macht er es sich zur Aufgabe, sich um all die Unglücklichen zu kümmern, die sich wie er nach diesem erschütternden Erlebnis nicht mehr im Leben zurechtfinden..."

"Und Sie helfen ihm dabei..."

"Ich bin hier, um ein bißchen auf ihn aufzupassen, meine Eltern fürchten, daß er ausgebeutet wird, denn es kommen immer mehr Leute, die mit dem Flugzeugabsturz nichts zu tun haben.."

Letizia faßt Gregor am Arm und geht vor ihm die Treppe zur ersten Etage hoch.

Die Zimmer stehen teilweise offen, manche Gäste haben sich schon häuslich niedergelassen, liegen auf den Betten, rauchen, lesen, starren in tragbare Fernseher oder sitzen essend um Tische herum und spielen Karten, ein Pärchen kopuliert ungeniert und hemmungslos.

Gregor sieht Letizia fragend an, die ihn freundlich anlächelt. "Ich denke, Sie verstehen jetzt, was ich meine..."

"Nur zu gut..."

"Gehen Sie wieder in die Versammlung zurück?"

"Nein... was mich niederdrückt, habe ich selbst verschuldet, deshalb kann mir niemand helfen..."

Letizia begleitet Gregor die Treppe wieder hinunter. "Selbsterkenntnis ist einer der Wege ins Licht..."

Gregor wendet sich in der Eingangshalle zum Hauptportal, doch Letizia zieht ihn sachte nach hinten zu einem Nebenausgang.

Gregor sieht Letizia fragend an, doch sie lächelt nur, verabschiedet sich von Gregor mit einem orientalischen Gruß und öffnet ihm die Tür.

Unten, auf einem Weg, der in den Wald führt, steht der schwarze *Van,* an dem sich seitlich eine Schiebetür zischend öffnet.

Gregor Gregor schreitet langsam die Stufen hinunter und steigt fast heiter in den schwarzen Van.

Im *Van* herrscht trotz der Nacht und der dunklen Scheiben ein milchiges Zwielicht, vom Fahrer, durch eine ebenfalls getönte Scheibe vom Passagierraum getrennt, sieht man nur eine schwarze Silhouette.

Die Tür schließt sich mit einem saugenden, dumpfen Knall, der Motor heult auf, und der *Van* setzt sich heftig schaukelnd in Bewegung.

Gregor liegt in verdrehter Haltung in seinem Flugzeugsitz und wird von der Stewardess sanft aus einem ohnmachtsähnlichen Schlaf geschüttelt.

"Mr. Winter? Mr. Winter! Geht's Ihnen gut? Bitte Mr. Winter, wir landen gleich, stellen Sie bitte Ihren Sitz in eine gerade Position..."

Gregor schreckt hoch, das Flugzeug rüttelt wieder beängstigend beim Sinkflug, landet jedoch sicher auf dem Zielflughafen.

Die Passagiere sehen sich erleichtert an und drängeln rasch zum Ausstieg, sobald das Flugzeug am Terminal angedockt hat.

Gregor kauft einen riesigen Blumenstrauß, offensichtlich noch unter Schock und keineswegs sicher, daß alles nur ein Traum war.

Gregor steigt hinten in ein Taxi und nennt seine Adresse.

Der Taxifahrer dreht sich halb zu ihm um. "Fahren wir über die Autobahn?"

Gregor zögert. "Nein, nehmen Sie die Landstraße..."

Der Taxifahrer sieht in den Rückspiegel und mustert besorgt Gregors Gesicht, das einen beinahe fiebrigen Ausdruck zeigt.

Der Sturm hat sich verzogen, der Vollmond leuchtet wieder ungehindert vom nachtschwarzen Himmel herab. In der mondhellen Nacht sehen die wechselnden Landschaften beinahe gespenstisch aus, wie gefiltert durch die Linse einer Infrarotkamera.

Etwas zurückgesetzt hinter einer Biegung wird das romantische Hotel sichtbar, in dem sich Gregor mit Mona verabredet hat.

Gregor beugt sich vor, starrt angestrengt durch die geschlossene Scheibe nach draußen und sieht das Auto von Mona vor dem Eingang parken.

Gregors Augen saugen sich daran fest wie die eines Schiffbrüchigen an einem vermeintlich rettenden Schiff, das von seinem Drama nichts mitbekommen hat und am fernen Horizont unwiderruflich entschwindet.

Gregor lehnt sich wie nach einer großen Anstrengung im Rücksitz zurück.

Das Taxi biegt in die Straße ein, in der Gregors Bungalow liegt.

Eine große weiße amerikanische Limousine mit einem Anhänger, auf dem ein weißes Segelschiff mit einem hohen Mast festgezurrt ist, die Segel eingerollt, kommt ihnen in langsamer Fahrt entgegen.

Gregor dreht sich erstaunt nach dem seltsamen Transport um, blickt wieder nach vorne und sieht eine Gestalt aus seinem Haus kommen. Es ist sein Freund Frank Hofer, der gemächlich die Straße überquert, in einen dunklen *Van* mit dem Kennzeichen AW 6783, eine Garagennummer, einsteigt und ohne Hast wegfährt.

Gregor reicht dem Taxifahrer einen Geldschein. "Hier, der Rest ist für Sie..."

Gregor klingelt, schließt auf und geht eilig ins Haus.

Anja hört die Klingel, den Schlüssel im Schloß, geht Gregor strahlend entgegen und umarmt ihn stürmisch. "Gregor! Du hast es doch noch geschafft! Und meinen Geburtstag hast du auch nicht vergessen..."

Anja nimmt ihm die Blumen ab, Gregor folgt ihr in die Küche.

Gregor ist ziemlich durcheinander. "War ein ziemlich unruhiger Flug, mir ist so einiges durch den Kopf gegangen..."

Anja ordnet die Blumen in einer Vase und hält sie Gregor begeistert hin. "Ich hoffe, es ist nicht das gesamte Haushaltsgeld draufgegangen..."

Gregor lächelt geschmeichelt. "Für ein paar Fischstäbchen reicht's noch... aber sag mal, war das nicht eben Frank, der aus der Tür kam? Hat er ein neues Auto?"

Anja reagiert ganz unbefangen. "Weiß nicht... er ist nur kurz vorbeigekommen, um mir zum Geburtstag zu gratulieren..." Sie zeigt Gregor Franks Geschenk, einen silbernen Schlüsselanhänger in der Form ihres Sternzeichens Krebs.

Gregor starrt erschrocken auf den Anhänger und forscht in Anjas Augen, doch er sieht nur arglose Freude. "Toll, er hatte schon immer einen guten Geschmack..."

Beatrice und Thomas stürmen in Nachthemd und Pyjama herein und reißen Gregor fast um. "Papa, Papa...!"

Wie gewohnt übernimmt Beatrice das Reden. "Papa, du wirst es nicht glauben, Thommy und ich hatten beide denselben Alptraum: Ein Einbrecher fesselte uns und Mama, wir schrien nach dir, du hast die Tür zu unserem Zimmer aufgerissen, dann wachten wir beide gleichzeitig auf..."

Gregor geht in die Hocke und legt die Arme um seine Kinder. "Ist gut, ich bin ja jetzt bei euch..." Er streichelt seine Kinder sachte über die Haare und sieht Anja an.

Anja erwidert seinen Blick und lächelt versonnen, ganz so, als könnte sie in seiner Seele lesen.

Zeitfracht Medien GmbH
Ferdinand-Jühlke-Straße 7
99095 Erfurt, Deutschland
produktsicherheit@kolibri360.de